Relicário

# JAMAIS O FOGO NUNCA

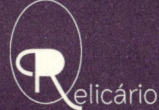

diamela
eltit

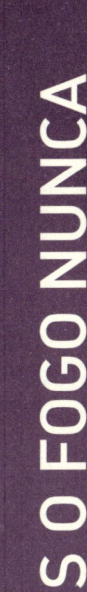

tradução e prólogo de
**JULIÁN FUKS**

*Jamais o fogo nunca*
*Fez melhor seu papel de morto frio.*
César Vallejo

A Rubí Carreño.

Agradecimentos no tempo deste livro:
a Silviana Barroso, a Francisco Rivas,
a Randolph Pope.

# PRÓLOGO

Pode o subjugado falar? Pode o oprimido falar? Pode o desiludido falar? Pode o derrotado falar? Nas páginas deste livro não despontará nenhuma resposta precisa a essas questões fundamentais. Nas páginas deste livro, o subjugado, o oprimido, o desiludido, o derrotado, todos eles um só, uma só voz, falam. Nas páginas deste livro esse sujeito tantas vezes silenciado não pode senão falar. Falar, e tanto quanto possível, expressar o desconforto contínuo do corpo, a mesquinhez dos dias sucessivos, falar tornou-se um imperativo. Eis o último ato de liberdade num mundo que o quer calado, anestesiado, suprimido: encontrar palavras que o impeçam finalmente de inexistir.

  Estamos num ano incerto, um ano de desalento como outros tantos que temos visto. Neste ano uma recordação é recorrente: a morte impune do general Franco, a morte indecorosa do ditador fascista intocado por qualquer justiça. Nada a celebrar nessa morte, ou na lembrança insistente da morte: essa talvez seja a expressão maior da derrota de tantas lutas emancipatórias, o absurdo triunfo da ditadura espanhola, ou de quase todas as ditaduras que se seguiram. Neste ano incerto, já distante desse acontecimento tão real que se faz símbolo, nenhuma esperança nos visita, nenhuma confiança de que será possível alcançar uma mínima dignidade, ou ao menos uma democracia efetiva.

  Estamos de novo fechados num espaço restrito, o interior do quarto beckettiano talvez, o quarto em cujas paredes ecoa uma mesma voz incessantemente. Outro, porém, é o delírio, outra a loucura que aqui se ordena – estamos entregues às rememorações infindáveis de uma vida atravessada pela política. A experiência da militância torna-se o centro de todas as lembranças, os muitos erros cometidos durante a resistência, erros que se reencenam no presente, na fricção entre os corpos, na inviabilidade de qualquer contato real, de qualquer entendimento. Na linguagem tão íntima e tão própria desses corpos em conflito se manifesta o fracasso da ação direta, mas se manifesta um fracasso amplo também: a impossibilidade de se alcançar uma comunidade mais justa e mais humana, a evidência de uma sociedade condenada a perpetuar suas violências. Outro é o continente, outro é o tempo, outro é o trauma histórico: estamos no cerne da tragédia latino-americana.

  A voz que fala para preencher o silêncio, a voz que outros quiseram silenciar, não poderia ser diferente, é a voz de uma mulher. A narradora inominável não pôde falar durante décadas – durante séculos, durante milênios, o tempo aqui se alonga sem limite discernível – ou ao menos não pôde ser ouvida, ninguém a quis ouvir. Não surpreende que seu tom esteja agora carregado, de uma só vez, paradoxalmente, de dor e de indolência. Carregada está também essa mulher, sobrecarregada por uma vastidão de tarefas. Cuida do homem que a oprimiu a vida inteira, cuida do filho que agoniza eternamente, cuida de uma infinidade de corpos decadentes. Só não pode cuidar de si e de seu próprio corpo, seu corpo em fragmentos, privado da integridade que alguma vez teve. Seu corpo foi tomado de assalto pelo conjunto da sociedade, suas células já não lhe pertencem, não lhe pertence o suor que sai de seus poros nessa labuta permanente. O próprio tempo não lhe pertence – tudo o que lhe resta é a voz, a possibilidade de indagar o passado com obstinação e de ocupar com palavras o presente.

  Para que falar? Que sentido tem agora contabilizar as perdas ou reconstruir a derrota, sucessiva, inconfundível, a derrota?, pergunta o homem que divide a cama com ela, pergunta também este homem que aqui escreve, que adia as páginas dela com este prólogo prescindível. Não tem por que se explicar essa mulher, Diamela Eltit também não precisa se explicar, tendo escrito este romance de plena potência. Na voz dessa mulher, ou de Diamela Eltit, a literatura se converte num discurso visceral e íntimo, um discurso que parte do interior do corpo e em nada o excede, e que no entanto nos atinge a todos implacavelmente. Literatura de intervenção nos corpos e nos tempos, literatura a perturbar a ordem dos silêncios. Que fale enfim essa mulher.

*Julián Fuks*

Estamos jogados na cama, entregues à legitimidade de
um descanso que merecemos. Estamos, sim, jogados na
noite, compartilhando. Sinto o seu corpo dobrado contra
as minhas costas dobradas. Perfeitos. A curva é a forma
que melhor nos acomoda porque podemos harmonizar e
desfazer nossas diferenças. Minha estatura e a sua, o peso,
a distribuição dos ossos, as bocas. O travesseiro sustenta
equilibradamente as nossas cabeças, separa as respirações.
Tusso. Levanto a cabeça do travesseiro e apoio o cotovelo
na cama para tossir tranquila. Incomoda você e até certo
ponto lhe preocupa a minha tosse. Sempre. Você se mexe
para me mostrar que está ali e que eu me excedi. Mas agora
você dorme enquanto eu mantenho ritualmente minha
vigília e meu afogamento. Terei que lhe dizer, amanhã,
sim, amanhã mesmo, que devo racionar seus cigarros,
reduzi-los ao mínimo ou definitivamente deixar de comprá-
los. Não temos o bastante. Você apertará as mandíbulas
e fechará os olhos quando me escutar, e não vai me

responder, eu sei. Permanecerá impávido como se as minhas palavras não tivessem a menor aderência e continuasse ali, íntegro, o maço que compro fielmente para você.

Você gosta, você se importa com isso, você precisa fumar, eu sei, mas você não pode mais, eu não posso, não quero. Não mais. Você pensará, eu sei, em quanto você tem se sustentado nos cigarros que consome sistematicamente. Tem sido assim, mas já não é necessário.

Não.

Não consigo dormir e, entre os minutos, através dos segundos que não chego a precisar, se intromete uma inquietude absurda mas que se impõe como decisiva, a morte, sim, a morte de Franco. Não consigo lembrar quando Franco morreu. Quando foi, em que ano, em que mês, em que circunstâncias, você me disse: Franco morreu, finalmente morreu, jogado como um cachorro. Mas você estava fumando e eu também nesse momento. Você fumava enquanto falava da morte e eu fumava e, enquanto acompanhava seu rosto adolescente, abertamente ressentido e lúcido e de certa forma deslumbrante, apaguei o cigarro entendendo que era o último, que eu nunca mais fumaria, que nunca gostei de aspirar aquela fumaça e engolir a queimação do papel. Sinto o seu cotovelo apoiado na minha costela, penso que ainda tenho costela, e aceito, sim, me entrego ao seu cotovelo e me conformo com a minha costela.

Me viro, ponho minha mão sobre o seu quadril e sacudo você uma e outra vez, rápido, ostensiva. Quando morreu Franco, pergunto, em que ano. Quê?, quê?, você diz. Quando morreu, eu digo, Franco, em que ano. Com um só impulso você se senta na cama, veloz, atravessado por uma fúria muscular que você já não exerce nunca e que me surpreende. Apoia a cabeça na parede, mas de imediato volta a deslizar entre os lençóis para ficar de costas para mim.

Quando?, eu pergunto, quando?

Com a respiração agitada demais, você chega à borda da cama, não sei, me responde, fique quieta, durma, vire para lá. Um dia específico de um ano específico, mas que não faz parte de uma ordem. Uma cena desprendida, já inarticulada na qual fumávamos concentrados, entregues à nossa primeira célula, enquanto você, precocemente sábio, com a plenitude que as habilidades podem alcançar, sustentava algumas palavras legítimas e consistentes que não se podiam contornar, e nós o olhávamos extasiados – os seus argumentos – quando você explicava a morte de Franco e eu, cativada pelo rigor das suas palavras, apagava o cigarro possuída por um nojo final e observava o papel destroçado contra o filtro, o olhava no cinzeiro e pensava, nunca mais, é o último, acabou, pensava e pensava por que eu tinha fumado tanto naquele ano se não gostava, na verdade, da fumaça. Visualizo o cinzeiro, o cigarro apagado com os filamentos escassos de tabaco desfeitos em seu centro. Eu o tenho. Tenho também a morte de Franco, mas não o ano, nem o mês e muito menos o dia. Me diga, me diga, pergunto. Não comece, não continue, durma, você responde. Mas eu não posso, não sei como dormir se não recupero a parte perdida, se não escapo do buraco nefasto do tempo que preciso atrair. A ponta do cigarro amassada contra o cinzeiro, os meus dedos, a sequência das suas palavras convincentes, jogado como um cachorro, em sua cama, o assassino, ou talvez você tenha dito: o homicida, e meu nojo definitivo ao trago de fumaça, o último.

 A morte pública de Franco, jogado na cama, morrendo de tudo, praticamente sem órgãos, você disse, o tirano, você dizia, morto de velho ou de ancião, rodeado por seu séquito, você dizia, de franquistas, os médicos. De noite, tarde, à beira de um amanhecer exaustivo prosseguiam as discussões, os argumentos, e entre todas as palavras possíveis, claro, as suas soavam mais sábias e mais certeiras, enquanto eu fumava ao longo dessa noite que nunca vacilou até que, de repente, me senti verdadeiramente ácida, meus pulmões, e tive que apagá-lo, o cigarro, para nunca mais.

 Depois você me ofereceu um, quer um cigarro?, já amanhecia, não, não quero. Não, eu disse, não quero, e tive que vislumbrar em seu olhar um relance de inquietude mesclado com uma clara decepção. Um primeiro, incipiente, indesculpável olhar de abandono ou de rancor material. Mas, me diga, quando. Fique quieta. Você faz com que eu me cale justo nos momentos em que o lençol desastroso se enrolou, mais uma vez, nas minhas pernas e nos meus braços, sente-se, mexa-se, enquanto eu arrumo o lençol, furiosa, sem entender se é contra mim ou contra você, sem me convencer. Como pude me esquecer do ano, de um ano que você sim lembra e não me diz, eu sei, para impedir que eu retome a questão do cigarro.

 Estalinista, Martín me chamou, depois, muitos anos adiante, no tempo em que já não éramos (Martín agora mesmo se adianta, está parado aos pés da nossa cama, desfigurado, negando as minhas palavras, reiterando neste século suas mentiras). Ele me chamou de estalinista e você, que escutava a expressão dele, que a ouvia, virou a cabeça, impassível como se não. Quem foi que me chamou de estalinista, fique quieta. Quem foi, insisto, enquanto sacudo o seu quadril. Ah, você me diz, preciso dormir, chega, durma, por favor durma, me deixe tranquilo. Você levantou a voz, fala comigo num tom delirante. Agressivo.

 Ardem os meus olhos de um sono que parece um mero sintoma. Não consigo dormir, cale a boca. Estalinista, ele me cutucou abertamente, enquanto eu olhava para você procurando algum resguardo, e você, instalado já na indiferença, continuava alheio, enquanto eu escutava umas palavras que giravam loucamente sem entender por completo de qual ira elas provinham. Ele me chamou de estalinista. Repetiu. Sei quem foi que disse isso, Martín (da beira da cama ele toca a própria cabeça, alardeia, exibe seu contorno ostensivamente irregular, deteriorado). Tenho em minha retina seus olhos e os matizes de sua expressão, mas agora espero que seja você que diga quem foi, para assim escutar dos seus lábios, dos seus, por que você não disse nada, em que ponto de deserção você estava, imperturbável, eu lembro.

Não importa, você me diz, durma, pare, esqueça.

No meio de uma discussão que parecia irrisória, quando tudo já tinha se confundido, você tinha chegado só para escutar de maneira ambígua, marcando a sua distância e a sua ironia, e eu já não pude, não consegui me manter em silêncio, não fui capaz e disse, mas como, e disse, isso me parece injusto ou improcedente, consegui dizer ambas as coisas ou pode ser, pode ser que tenha expressado, com incômodo tranquilo, eu sei, que não era possível dialogar naqueles termos e então ele detonou a condenação definitiva, enlaçada em uma resposta lapidar: estalinista. Mexa a perna, me incomoda, a calça fica raspando, por que você tem que dormir de calça. Fique quieta.

Mas agora novamente vai amanhecer. Sei que depois não comentamos o ocorrido e esgrimimos uma cortesia desmedida. Fizemos isso enquanto voltávamos daquela que seria a última reunião daquela célula. Sim. Você se comportou como se eu não merecesse todas as deferências, como se fosse possível pensar que nada tinha acontecido. Mas era o último encontro de um ano intransigente que nenhuma das palavras que você manejava já podiam conter.

Você se comportou como um cachorro.

Você já tinha se convertido num cachorro, penso agora. Penso enquanto meu braço entregue à vigília me tortura por seu roçar inevitável com a parede monolítica que nos cerca.

Faz mais de cem anos que Franco morreu. O tirano. Profundamente histórico, Franco saqueou, ocupou, controlou. Foi, como não, coerente com o papel que teve que representar. Um dos melhores atores para pensar a época. Ancião. Militar. Condecorado pelas instituições. Não brilhante, não, nunca, mas sim eficaz, obstinado, neutro. Ignorante, você diz, era ignorante. Já passou um século. Não, não, você me diz, não um século, muito mais, mais. Sim, eu respondo, tudo circula de um certo modo determinado, impreciso, nunca literal, jamais. Estamos falando depois de um século – mais de um século –, nos dizemos serenamente palavras amistosas e compassivas. Temos que nos cuidar do grito que jamais nos permitimos, nunca, porque poderíamos nos ferir e nos quebrar. Você não grita nem utiliza expressões desdenhosas demais, você as omite e deixa que circulem dentro da sua cabeça. Meu empenho se concentra em controlar qualquer relance de rancor para fazer parte desta paz que nos concedemos. Estamos em um estado de paz

próximo da harmonia, você encolhido na cama, coberto pela manta, com os olhos fechados ou entreabertos, eu na cadeira, organizando com parcimônia e lucidez os números que nos sustentam. Uma coluna de números que recolhem a dieta estrita à qual estamos submetidos, uma alimentação rotineira e eficaz que vai direto suprir a demanda de cada um dos órgãos que nos regem.
    Comemos absolutamente justos. Concisos.
    O arroz pareia com o pão, ambos cumprem sua função de nos proporcionar o sono e o esquecimento. Comemos pão e arroz. Eu preparo o arroz sempre do mesmo jeito. O arroz, sua forma comum, a cocção necessária que requer uma relativa concentração, ruim, ruim o arroz, quando acaba passado ou quase cru, seus grãos repulsivos que engasgaram você mais de uma vez. Sim, você tosse e os grãos de arroz saem da sua boca até rodar caóticos sobre a manta, impulsionados pela sua garganta obturada, e você se afoga, e você pode morrer, e é dolorosa essa tosse arrozeira, e a saliva que você cospe junto com os grãos me perturba. Não quero olhar a saliva misturada com o arroz, parecendo um ligeiro vômito ou uma substância aquosa, um enredo alimentício impossível que mancha e se espalha pela cama que você ocupa, minha cama.
    Você fuma e come.
    Por isso engasga, ou se afoga, ou morre. Fuma e come com a mesma ansiedade. Prefiro não lhe dizer neste século: não fume. Renuncio a lhe dizer: não fume enquanto come, ou dizer, devagar, devagar para que você não se afogue, ou dizer, não coma porque você vai engasgar, ou dizer, não tussa porque me dá nojo essa tosse e me dá nojo aquele pequeno relance de vômito, ou dizer, o que acontece com você, o que acontece com você com o arroz, você parece um menino desdentado ou parece um cachorro doente. Não digo nada para preservar a languidez que este século

nos outorga, uma dádiva a que não se pode renunciar, por isso Franco nos serve para atenuar: seu fascismo. Não, você diz, um nazista. Certo, certo, eu respondo. Não é a mesma coisa, você diz, a confusão nos conceitos traz consequências trágicas, você não percebe? Você diz fascista com uma leveza que temos que reconsiderar. Sim, eu respondo, usando um tom conciliatório, algumas vezes eu me confundo. Você não se confunde, não, não é isso, é que você não distingue um fascista de um nazista. Vejamos, você me diz, o que era Franco, em que corrente você o situa, como o cataloga, com que parâmetros você poderia classificá-lo, qual era a realidade de sua estrutura, como se poderia estabelecer uma hierarquia para contabilizar seus atos, qual foi o paradigma que o mobilizou, suas políticas, suas estratégias, a burocracia inextricável que ele conseguiu estabelecer?

 Ele mantém uma correlação surpreendente com o fascismo, eu digo. Faz isso por sua vontade veladamente unilateral, pela precisão iconográfica, por sua solidão sem o menor relance de extravio. Por sua morte programática e universal. Pelas orlas de seus desfiles, as tropas, a repartição de poder, a traição aos seus colaboradores, a busca insaciável de legitimidade, por seus gestos tortos, pela contração de sua boca, por sua compleição fraca, por suas estratégias e os erros de compreensão diante da história, pelo apego doentio a sua família, a pose absurda de sua esposa e a febre ávida de seus filhos. Teve filhos? Quantos? Não se distraia, você me diz, não tente se refugiar nos detalhes. Sim, é verdade, devemos ser exatos e íntegros.

 Passou mais de um século, você percebe?, eu digo, um século inteiro e quebrado, mil anos, uma época que termina praticamente sem ecos, como se não tivesse acontecido, você percebe? Sem final e já é memória. Sei que poderia lhe inquietar minha afirmação ou entediar por seu rastro de obviedade, então me levanto da cadeira, vou à cozinha e, enquanto escavo a panela, vivencio uma espécie de vertigem, o reflexo de uma náusea que não chega a me preocupar porque atribuo ao arroz, à multiplicação dos grãos que giram e giram enquanto se consolida um reaquecimento precipitado e confuso. Saltam, se misturam, grudam uns aos outros os grãos, o arroz que nos mantém e nos fortalece. Tiro uma porção e sirvo no prato. Volto ao quarto e, com um tom de voz excessivamente entusiasmado, aviso que já está na hora, que você tem que se alimentar. Passo o arroz, você se levanta parcialmente, cansado, com uma severidade que me preocupa. Você come quase sentado na cama. Eu o observo distraída diante de uma cerimônia já naturalizada. Lembro como, no século que de certo modo nos pertencia, eu observava com assombro as suas sentenças diante do ato alimentício. Não tinha pensado na fome como um fato perigoso que exigia uma estratégia secreta que a diminuísse, até que você me disse, apontou que lhe parecia pessoal demais, essa foi a fórmula exata que você usou. "O ato de comer é pessoal" e por esse motivo você me pediu, com uma cautela que pretendia não ser prejudicial, que eu não olhasse enquanto você comia. Acrescentou, num tom afável e circunstancial, que se eu persistisse você se distanciaria, que preferia ficar sozinho: prefiro ficar sozinho, isolado com a comida. Você nunca me olhava, é verdade, quando eu – isso também você apontou – engolia. Você usou essa palavra. Engolia, você disse, e o insaciável contido nessa expressão me fez desprezar a palavra. Entendi que minha maneira de lidar com a fome lhe era insuportável. O que comíamos?, eu me pergunto agora, antes do arroz, antes de exercer a mania pelos grãos. Você tinha, eu sei, certa aversão consolidada pelos laticínios; o leite e seus derivados. Eu ri enquanto você segurava o pedaço de queijo, ali você titubeava, pensando se era adequado ou, talvez, se era imprescindível. Você permanecia absorto. Olhava extasiado ou aterrorizado o pedaço de queijo que segurava entre os dedos. Os seus dedos finos, protegidos pela correção dos seus ossos e das suas unhas curtas, sujas, e o queijo e o instante em que você o apertou entre os dedos e o cravou com suas unhas. Vimos como o queijo se desfazia, sua forma, e toda a célula, os nove que a formávamos, não pudemos evitar de trocar olhares assombrados, ainda que com pudor, impressionados com a sua maneira terrível de apertar. Não o queijo, não os laticínios. Podíamos consumir apenas o necessário para os nossos fins. Não convinha, assim você disse, entregar-se à comida, fazer dela um lugar que acabava por ocultar o impacto da fome. A fome, eu sei, tinha para você uma função. A fome, você apregoou, era um estado que aprofundava o rigor e nos permitia um trabalho concreto e sustentável. Mas nunca, nunca a saciedade, isso não, você garantia, porque dessa maneira se instalava uma modorra que nos obrigava a adiar o objetivo. Você odiava a modorra, preferindo, ainda que no desconforto, a fome. Eu mesma pude comprovar, fiz isso quando me entreguei à glorificação dos alimentos, ao seu excesso gorduroso. Você a odiava, a gordura, o corpo gorduroso e seu brilho. Um corpo arredondado por camadas de uma gordura liquefeita que produzia aquela languidez que adiava a agilidade, aquela agilidade que você pedia para a célula e que, se não se adequava ao seu desejo, nós tínhamos que refazer com outros corpos disponíveis, famintos e enérgicos. Olho você na cama, vejo você obstinado em desalojar a fome, a primeira, a fome óbvia que o invade. Você come sem censura, de um jeito que não pode senão me resultar incômodo. Você diria, se lhe sobrasse um resto de fortaleza, que a fome jamais poderia ser saciada com o arroz porque assim você só cumpre uma demanda simples do organismo, do seu, do seu organismo articular, mas não lhe concede a gordura que é, no seu julgamento, a única substância que enche e satisfaz.

    Eu o entendo.

    Sei que a sua argumentação é impecável, coerente, mas ainda assim me atormenta a sua maneira de comer, inclinado em cima do prato, segurando o garfo, sem nenhuma precaução, os grãos que saltam da sua boca à cama ou escorrem pelo seu lábio ou caem das bordas do prato ou deslizam entre os seus dedos. É o garfo, eu penso, sua forma metálica e rala, intensificada pela posição da cama. Mas ainda assim, embora eu entenda o contexto em que se insere o seu prato de arroz, não consigo evadir o insuportável. Está ali, explosiva, a sensação de presenciar uma cena que está fora da minha imaginação e das minhas possibilidades. Não me olhe, você diz, vire a cabeça. Faço isso. Olho para o chão e em seguida para o caderno. Pego o lápis e escrevo os últimos números, não os últimos, na verdade, e sim os contingentes, os números em que nos organizamos. Espero. Estou esperando que você termine o seu prato, enquanto desenho o número, sublinho, e quando escuto você tossir, e sinto a fumaça pesada do tabaco que inunda o quarto, me levanto para retirar o prato, recolher os grãos e estender o cobertor.

    Volto à mesa e à minha cadeira. Esqueço, sim, tento esquecer meus dedos em cima do arroz, recolhendo os grãos úmidos, limpo os dedos na saia e então, num gesto decidido, fecho o caderno. Vou até a cama, sento na borda. Espero iniciar com você um intercâmbio pacífico que me permita organizar algumas das imagens que me rodeiam, imagens obsoletas que provêm de um século cujo término ainda ressoa mas não comove.

    Recuo.

    Faz mais de um século, eu lhe digo, mil anos pelo menos, que me ronda a discordância de uma frase, a mesma que anotei então subjugada pela perfeição de seu traçado.

No entanto, continuo, continha uma ambiguidade, qual, você pergunta, que ambiguidade, escute com atenção, eu lhe digo: "Os operários não têm pátria. Não se pode arrebatar aquilo que eles não possuem." Ah, você me diz, chega, chega, você me diz, até quando, você murmura e levanta a voz para dizer, por que você não me traz uma xícara de chá, estou com sede, quero chá, uma xícara, você me pede.
 Vou à cozinha. Espero com paciência o fervor da chaleira. Sei que esta noite vai chover, o céu pesado demais vem antecipando. Vai fazer frio amanhã, quando eu sair à rua, quando chegar ao ponto, quando pegar o ônibus, quando doerem as minhas pernas pelos quarteirões que terei de caminhar. Sim, vai fazer frio quando eu voltar e refizer o percurso. E ainda estarei gelada quando entrar no quarto e vir você deitado na cama e for à cozinha para preparar para mim uma xícara de chá, o mesmo chá que levo agora para você no quarto e deixo em cima do criado-mudo.
 Vai chover, eu digo.
 Não tem nenhuma ambiguidade, você diz. A frase é direta, real, compreensível, certeira. É enganosa, eu digo. Explique. Não quero; o trajeto até a cozinha, a possibilidade da chuva, o vapor do chá, me provocam uma lassidão surpreendente, e eu desejo me estirar na minha parte da cama, subir e ficar de lado e sentir que tenho um corpo, que ainda gravitam em mim as pernas e os braços e não sou só rins doloridos ou cansados ou expandidos que me apagam de mim mesma. É enganosa, eu digo, a frase, permite interpretações demais, utiliza a palavra pátria e isso abre uma aresta perigosamente sentimental, trapaceira, na medida em que a reconhece, a pátria, eu digo.
 Ah, você me diz, ah.
 Mas este é um dia de um século diferente, de uma época carente de marcas, um século que não nos pertence

e que, no entanto, somos obrigados a experimentar, e neste século parece tudo irreal ou prescindível, sim, prescindível. Não é assim, você me diz, você sabe, nós analisamos bem, nos empenhamos em dimensionar o efeito de cada uma das palavras, fizemos isso exaustivamente até que a célula entendeu, se fez especialista, irrepreensível, orgânica. Qual célula?, eu pergunto, confusa, qual de todas as células? Você abre os olhos. Está com os olhos abertos e as costas perigosamente curvadas, estão doendo, eu pergunto, as costas, ainda. Sim, estão doendo. Que mais dói, me diga. Os joelhos, um dos cotovelos, a barriga. O intestino?, pergunto. Não, não, a vesícula. Não sabia, você não tinha me dito. Me fere. Não me preocupam os seus ossos, estão afinal condenados de antemão, o que me importa, você sabe bem, são seus órgãos, expostos, inquietos, temíveis. Você disse vesícula só para me castigar, porque você sabe tanto quanto eu que a sentença aparentemente perfeita se prestava a cair no que tanto temíamos, num reformismo que podia aniquilar os presságios de um século que terminou sem pena nem glória, sem glória, especialmente assim, cativo em seu próprio reformismo, inclusive você, que parecia incorruptível, teve que ceder, você sabe, você cedeu, se entregou às alucinações que o século ia produzindo para perfurar a si mesmo. Você fez isso e rompeu com a harmonia da célula mais perfeita e eficaz que conseguimos. Isso eu não lhe digo, eu penso. Franco era fascista, certo? Sim, era. Por quê? Por sua inclinação aos atos massivos e sua encenação cenográfica. Por suas práticas contínuas que se faziam cada vez mais agudas até beirar o paroxismo. Era nazista ou não era nazista? Qualquer resposta é possível agora que o século, os mil anos se passaram, trata-se de uma mera especulação, um cúmulo previsível de conjeturas inúteis. Vou deitar, eu digo.

    Não, você responde. Ainda não, você insiste. Ainda não está na hora.

Frentista[1], estalinista, assassina louca. Uma palavra atrás da outra, um conjunto de palavras elaboradas em uma equação implacável. Sílabas sonoras, perfeitas, que iam organizando uma cadeia harmônica a ressoar como uma recorrente ladainha. Mas algo nessa engrenagem singular me cativou ou me distraiu, e é possível que meu rosto tenha permanecido inclinado ou atento a essas palavras, pode ser, sim, que nada no meu rosto tenha acusado a ofensa. E não parece estranho que essa expressão precisa, a minha, tenha me outorgado uma distância impressionante. Penso agora, incerta, insegura, e queria lhe perguntar se por acaso, no meio do caos, minha expressão chegou a alcançar a mais insólita exoneração. Pode ser que eu tenha imaginado, pensado naquelas tardes, horas, dias incertos em que o temor diante de uma voz rotunda, sim, rotunda, pudesse me interceptar para cravar em mim

---

1. Nome utilizado para referir membros e apoiadores do grupo armado chileno "Frente Patriótica Manuel Rodríguez (FPMR)", que lutava contra a ditadura de Augusto Pinochet. (N. do T.)

uma soma de palavras que podiam significar ou não e que, no entanto, eram capazes de destruir. Ou era eu que me preparava para aquele instante, eu mesma que repetia aquilo que iam dizer, que se adivinha a torto e a direito. Eu que julgava. Aquilo que você não queria ouvir. Você já não sentia. É possível, os fatos se aglomeram e me confundem.
    É difícil para mim, sim, muito.
    Frentista, estalinista, assassina louca.
    A reunião tinha sido dura, ainda que não inútil.
Você perdeu, sim, perdeu o controle que as suas posições tinham alcançado, foi derrubado pelos argumentos dos seus adversários. Eu concordava com o grupo dominante, tinha entrado em conluio com as razões que você não compartilhava porque eram, como você disse, inconducentes. Atentei para essa palavra, eu já tinha ouvido "inconducente" vezes demais da sua boca, e soube que era uma armadilha, um termo que você propunha com o mero objetivo de inibir. Entendi que eu tinha que me opor. Fiz isso com veemência excessiva talvez, com uma inflexão de certo modo histérica ou apressada ou desejosa que perturbou até a mim. O que me incomodou foi o tom, não minha decisão de derrubar essa palavra. Eu tinha que anulá-la, sua autoridade, a legitimidade forçada que você imprimia. Uma palavra-máscara que intimidava. É claro que eu não podia confrontar diretamente os seus pressupostos. Tirei minhas próprias conclusões, me agarrei aos termos mais simples para me distanciar do seu hábito, da sua mania de se apoiar numa densidade com a qual você dramatizava cada uma das suas intervenções. Por fim me dobrei ao grupo que buscava o fim de uma tirania sem objeto. Um grupo lúcido que tinha entendido até que ponto formávamos uma célula que parecia construída para você. Sei que, ainda que não tenha sido reconhecida, minha intervenção foi fundamental. Falei de ações diretas mesmo não querendo especificar, não era necessário. Dessa maneira

interrompi o caudal de ideias reformistas com as quais você pretendia nos manter cativos. É preciso analisar, você disse, analisar. Sem ter que explicitar eu me opus à sua proposta, me inclinei pela ação direta. Eu já tinha me acalmado quando consegui me apossar da expressão "ação direta".

    Compreendi que estava entrando no terreno de uma oposição simples e que ali você podia me derrotar com uma facilidade inusitada. Não o fez, no entanto. Você não quis me expor ou não quis se expor, não sei, na verdade ainda não sei. Que importa? Mas isso foi no dia, na hora, no instante em que se escreveu a sua derrota, o fim do seu império, um castelo sutil que você tinha erguido para a sua própria honra, um castelo, algo assim como uma espécie de pilha de cartas estendida no meio do perigo e possivelmente do horror.

Eu pude, depois que você se recusou a intervir, imprimir uma marca ao restante da reunião, eu fiz isso, apesar de a voz do seu aliado, o mais incondicional que você tinha, um dos seus, ter me chamado, guiado por uma decepção escandalosa, de estalinista, e ter me chamado também, numa investida previsível demais, de frentista. Ainda em meio às palavras que pretendiam instalar o opróbrio e a divisão, a célula concordou comigo. Seguindo uma estratégia cuidadosa, escapei das discussões finais, me mantive num mais que discreto segundo ou terceiro plano, nenhum plano na verdade, me recolhi como se não estivesse presente, como se nunca tivesse feito nenhuma intervenção. Fiquei aparentemente fora quando se definiu o seu destino.

    Era necessário, absolutamente.

    Absolutamente necessário descabeçar você porque suas ideias não, não, não significavam mais que uma mera burocracia no meio de uma situação que parecia inabalável. Nós tínhamos nos convertido numa célula sem destino, perdidos, desconectados, conduzidos com lassidão por um conjunto de palavras seletas e convincentes, mas despojadas de realidade. Sei que aquele dia significou uma tragédia para as suas expectativas cômodas, mas não podia ou não devia ser de outro jeito. Você já não era. Você tinha se convertido na peça mais útil para consolidar uma catástrofe. Você não me perdoa, eu lhe digo no meio da noite, já repeti em algumas das noites mais desesperadoras, você não me perdoa, não é? Até quando, você me responde, me deixe dormir.

Sim, aquela precisa noite marcou o rumo do que ia ser a nossa própria vida, a dos dois. A vida exata depois que nos desprendemos daquela célula. Mas, embora o tempo não cesse de transcorrer, nunca, vivemos como militantes, austeros, concentrados nos nossos princípios. Pensamos como militantes. Estamos convencidos de que nossa ética é a única pertinente. Sabemos isso, isso é o que constatamos a cada instante. Entendemos que não podemos nos deixar avassalar por sentimentos comuns, sabemos que a história acabará nos dando razão. Não precisamos de nenhuma confirmação, nem sequer discuti-lo no interior da célula em que nos convertemos. Somos uma célula, uma única célula clandestina enclaustrada no quarto, com uma saída controlada e cuidadosa à cozinha ou ao banheiro. Você continua no posto de líder, você dirige. Eu tento obedecer. Me esforço para alcançar a lealdade plena. Faço isso convencida de que a sua liderança agora sim é profunda e certeira. Você pôde polir sua liderança depois de medir com rigor o uso de cada uma das suas palavras. Você deixou de lado os termos grandiloquentes. Quando você fez isso, em que minuto abandonou aquelas palavras pretensiosas, quando foi?

Diríamos em uníssono, tenho certeza, que aconteceu depois que aquele caudal incontrolável de palavras entrou em estado de sossego, quando se desencadeou aquele momento profundamente celular, ínfimo. O silêncio, o seu, o nosso, um silêncio larval que espera, que espera, que se entrega fielmente ao tempo, porque agora somos corpos palavras, corpos, sim,

palavras. Poderíamos claudicar, mas já não queremos ou não sabemos como claudicar, como fazê-lo, a quem nos render ou o que render de nós, a quem entregar nosso arsenal de experiências e de práticas longamente cultivadas. Qual seria o castigo ou o prêmio que nos corresponderia por nossas ações. Já não sabemos como claudicar.
Francamente não sei. Você também não.
Você mente para mim. Com frequência. É uma mecânica conhecida demais, uma técnica desorientadora que requeremos. Temos que deslocar, ampliar este tempo do mesmo jeito que a sua perna se estende na cama, dolorida, rígida, cercada pelos efeitos incontornáveis da artrite. Está doendo, eu pergunto, muito, a perna. Não, você diz, que lhe importa. Mas me diga, me diga, dói, por que você se importa, é assunto meu, meu, a dor, minha perna. Exato.
Sim. Exato. Você está a cada momento mais preciso, ainda que a noite seja decisiva para os nossos fins. Você murmura na noite. Você sabe, eu já disse: "você fala durante a noite". Faz isso porque não consegue se controlar, definitivamente não sabe calar. Cale a boca, eu digo. E você cala. Por um fragmento razoável de tempo, mas você recomeça movido por certas ordens que você mesmo se impõe. Cubro a cabeça com o travesseiro. Não quero ouvir nem uma palavra, nenhuma a mais. Terminou meu trabalho, não tenho que escutar você, não quero saber. Não devo. São palavras íntimas das quais não posso fazer parte, ponho o travesseiro na cabeça e não chega a me incomodar certo afogamento vago que ele me provoca. Está debilitado, gasto, velho, isto é, está velho o travesseiro e eu preciso comprar outro. Um para mim e outro para você. Isso é o justo, o que cabe. Cubro a cabeça para conseguir dormir, mas, claro, não é possível, na verdade, não é físico. Preciso, cedo ou tarde, de ar. Tiro o travesseiro da cara e vejo, com uma lógica disparatada, como fomos abandonando a sala. Pouco a

pouco começou a diminuir a intensidade da reunião até produzir o completo desconforto, o mais absoluto.

    Poblete se preparou para atuar contra mim, e fez isso com expertise. Tinha, claro, a capacidade necessária. Era extraordinariamente sutil, um artesão prolixo refugiado na borda de uma palavra, no umbral de uma expressão sem conteúdo, simplesmente um apontamento que cortava os fluxos, o meu, e que ele começou a exercer sistematicamente sem me dar trégua. Mais adiante, como era lógico, começaram os ataques frontais, curtos, decisivos. Poblete, e era o que a história comprovava, era mais que hábil, um mestre no ofício de se fazer visível sem maiores espantos. Você vê, eu digo, o que Poblete está fazendo, sempre. Não, não, não, você diz, mas por que você se importa, eu não me importo, nada me importa, você diz no meio de um lamento.

    Quer que eu esfregue sua perna, pergunto, eu esfrego, pode tirar a calça, não, não, não, você diz, me traga água, é que tenho sede, mas não acenda a luz, você diz. Por favor não acenda, você repete.

Num instante concreto da noite eu a senti contaminada pelo seu peso. Pesava em mim esse instante da noite e eu soube que era você, que era o seu peso desabando em cima da noite. Você caiu. Você se desintegrou em mil pedaços. Eu entendi, compreendi que você estava de saída, que pretendia que eu os segurasse, a noite e você. Você não se importou nem um pouco com o meu esforço. Nada. Já tinha decidido. Você decidiu muito antes de se entregar ao costume dos monossílabos.
 Tudo bem, era necessário.
 Não, não era necessário, se tratava de um simples subterfúgio, o meu, o seu. Estamos ficando cegos, quero lhe dizer, quase cegos. A vista. Quê? Quê? Não fale mais, fique quieta. Sim, é verdade, você tem toda, mas toda a razão do mundo, haveremos de nos calar, temos que seguir a trilha rígida com que nos comprometemos. Não importa que logo vá amanhecer, ocorrerá de qualquer jeito, é um ato previsível e autônomo demais, extraordinariamente universal, tanto que já não comove. Você, você disse, é pouco fabril, a sua

consciência. Como é?, eu respondi, o que você está dizendo?, eu deveria ser?, deveria ser?, perguntei porque precisava que você me orientasse, que me conduzisse a um fim exato. Me ajude a ser fabril, eu quis lhe pedir, me ajude, mas não pude, sim, você deveria, você respondeu, mas não é. Já não foi. Como é, eu quis dizer, mas do que você está falando, você também não é industrial. Sim, eu sou, você respondeu, meu cérebro. Naqueles anos adolescentes eu não podia rebater, algo em mim impedia, na verdade era uma forma de indiferença, uma maneira talvez de me isolar ou me precaver. Você entendeu, nesse dia preciso, o dia da acusação fabril, que eu não escutava realmente ninguém, nunca, nunca escutava enquanto me acusavam, quero dizer que não me comovia quando estava acontecendo, literalmente, depois sim, por horas, dias, anos, se mantinham os sons, as imagens, seus conceitos e implicações no contorno cíclico dos meus pensamentos, como se me pertencessem as palavras e as cenas ou fossem inteiramente minhas, minha criação única.

    Perpetuamente, maldizendo incessante a mim mesma.

    Já vai amanhecer, eu aviso, falta pouco. Sim, você diz ou eu acho que você diz. Vai ser um dia frio, de agora em diante cada dia mais frio, não? Sim, sim, você responde. Esgotado pelas minhas palavras, você só murmura, sim, sim. Por que eu me refiro ao clima. É estúpido. Você não sai à rua, nunca, a não ser que seja estrita, mas estritamente necessário. Assim se foi estipulando. Não saia, eu disse, não precisa, fique deitado. Cubra-se, que está frio. Continuamos, em grande medida, clandestinos, nos situamos fora, radicalmente. Não contamos com nomes civis, continuamos presos à nossa última chapa, já nos acostumamos ou nos apossamos, não sei. Mas se alguém dissesse meu nome civil, eu não viraria o rosto. Para quê. Você poderia estar na mira, com certeza, seria você.

    Não saia, não saia.

Eu passo despercebida, minha insignificância estudada, isso pode nos salvar, não, não, nunca nos salvar, nem sequer minha profunda opacidade nos resguardou. A luz entra de maneira cautelosa, uma luz completamente obturada. A hora se aproxima. Sim, lembro que lhe disse. Temos que tomar uma decisão. Eu chorava porque estava aterrorizada, sabia o que ia acontecer. Temos que nos apressar, levá-lo ao hospital. Ou você leva ou eu levo. Não, não, não, é impossível, impossível. Em breve eu vou sair à rua e vai estar nublado, com aquele cinza que achata a paisagem, a deixa em um nível de realismo incômodo, uma paisagem que não vale a pena. Não significa nada. O cinza.

Me resta, quanto?, uma hora, talvez um pouco mais, antes de me levantar, tomar uma xícara de chá, ir ao banheiro, me vestir, sair, subir no ônibus, caminhar dois ou três quarteirões, até quatro. Entrar na casa, executar prolixamente meu trabalho, cobrar meu pagamento, voltar, sim, voltar entre uma bruma leve a repetir a rua, o ônibus, seu sacolejo, a descida sempre difícil, os quarteirões até chegar ao quarto e encontrar você tal como está agora, dobrado, nem dormindo nem inteiramente acordado, entregue a este torpor atento que o transporta de maneira equânime da vigília ao sono. Passarei horas fora, as das viagens, as do interior preciso da casa, no entanto quando eu retornar ao quarto, quando vir você na cama vai parecer, eu sei, uma cena imutável e já não será possível para mim entender onde está exatamente a linha que rege o tempo. Habitei, sim, no meio de um finíssimo transtorno perceptivo. De forma incrível, muito pouco exprimível, sofri essa anulação do tempo. Num dia de outro século, de outros séculos, um tempo em que caminhava e caminhava, mas não era capaz de avançar. Não avançava um milímetro porque sempre ficava estancada num idêntico perímetro do quarteirão. Acabou me invadindo uma confusão inexprimível de tempo, enquanto você jazia plenamente seguro no quarto, deitado na cama, protegido pela manta gasta. Eu era quem saía, como tínhamos combinado, mas meus sentidos estavam desorganizados. Temos que esquecer o horror daquela noite. O que teria acontecido?, eu lhe pergunto agora que vai amanhecer. Não termino a frase, nunca, porque você se enfurece ou tampa os ouvidos ou, se está em condições, se os seus músculos permitem, você levanta e se fecha no banheiro. Ou então no meio da noite ou no início, numa das voltas obrigatórias na cama, quando nos encontramos frente à frente, sem nos vermos, pressentimos na noite, eu lhe digo, por que não tiramos, eu pergunto, mas como não o levamos ao hospital?

    Ah, ah, você sussurra.

    E eu não tenho certeza se é uma queixa ou um lamento o que sai da sua boca, e você se vira tão rápido quanto o corpo permite e se mexe com violência me obrigando a me reacomodar no colchão estreito e arruinado que maltrata os nossos ossos. Um fino mas conhecido transtorno perceptivo, um sinal básico de cansaço ou um ínfimo ataque à minha fortaleza mental associado à minha extenuação. Um estado que se pôs em evidência bruscamente enquanto eu caminhava demolida, pensando, de forma indelével, nas cenas finais, o rostinho de dois anos dele e seus angustiantes ritos de morte. De repente, a imagem foi interceptada por uma impressão insólita. Não avançava. A realidade física daquela rua na cidade tinha se detido. Só eu me movia num cenário único que não deixava de acontecer. Simplesmente estava ocorrendo mais além de que eu entendesse que não era possível e, no entanto, o concreto da situação me impunha aquilo. Fechei os olhos, tentei parar ou respirar ou me apoiar na parede. O tempo se balançava, todo o tempo possível estava ali, material e intransferível. Eu não contava, era apenas um corpo preso em um espaço que por sua vez estava controlado pelo tempo. Mais adiante pude entender que era só uma experiência ruim, uma armadilha aberta pela fúria dos sentidos. Não soube distinguir se era um privilégio ou o limiar de um pesadelo. Eu caminhava mas não avançava, não conseguia avançar, eu lhe digo. Você não me responde. Aconteceu algo físico, científico, eu digo, porque o tempo e o espaço, chego a dizer antes que você se mexa e eu entenda que você não quer ouvir porque cobriu a cabeça com o travesseiro, você fez isso desta vez e o travesseiro na cara é tão consistente que me invade não a fúria, não, e sim a resignação, aquela que eu conheço tão bem e que, de algum modo, acaba sendo eficaz.

A resignação.

A quê? Só me resigno. Devo esperar uma hora. A luz começa a se mostrar fugazmente. Em uma hora atravessarei o catre cuidando para não cair, não posso, não posso cair nem quero esmagar as suas pernas enquanto deslizo cama abaixo. Não posso fazer isso porque lhe doem, sim, demais, as pernas, os joelhos, os tornozelos e os quadris, você diz, doem, doem os seus ossos, eu sei, muito mais do que você aceita confessar. Noto no jeito como você se desloca, cada vez mais enxuto, enroscado em si mesmo, a crispação causada pela dor. Mas os analgésicos lhe servem, ainda conseguem atenuar. Tome, eu digo, dois comprimidos, só dois, porque mais acabam estragando o seu estômago, ouviu?, eu digo. Você se mexe na cama tentando escapar. Responda, eu digo, só dois. E não derrame o chá nos lençóis, não se esqueça de apagar o fogo se for à cozinha, não vá deixar o fogo aceso, me escute, o fogo, você apaga, fique na cama, eu lhe digo, não se levante que está frio, tome o chá, não derrame, não manche os lençóis, não molhe o cobertor, deixo aqui o casacão, em cima da cadeira, está vendo?, para quando você for ao banheiro, eu digo, vista o casacão, não vá se resfriar. Dois comprimidos, escutou?, só dois. Paro na soleira da porta. Vejo você tumefeito na cama. O que vejo? Um vulto encolhido, o seu, desalojando o corpo que você tinha para permitir a entrada do que agora se apropriou de você. Vejo o vulto que o contém, o mesmo que o compele, e constato quanto me acostumei à sua forma, já está impresso na minha retina, me pertence esse vulto, o seu, e para mim é difícil, praticamente impossível, retroceder, encontrar você de pé, erguido, com os olhos muito acesos ou vivazes, aqueles olhos que o caracterizavam ou a sua figura já perdida. Você tinha um corpo que, embora nunca tenha sido vigoroso, portava um halo de singularidade. Se eu fecho os olhos poderia vê-lo, o seu corpo, mas talvez se trate de uma invenção ou de uma figura falsa que nunca chegou a lhe pertencer. Parado a contraluz, com a voz entorpecida pela angústia, com todo o seu corpo jovem endurecido de dor, você me disse que tinha caído a diretoria completa do partido. A melhor que tivemos. No entardecer. Você estava emoldurado pelos efeitos teatrais da penumbra brilhante que a janela irradiava. Não, eu disse, não. Todos?, perguntei. Sim, todos. Ou então você lê, sim, lê, com uma concentração admirável que me cativa, lê em meio à dificuldade que lhe provoca o tamanho insuficiente das letras. Você lê sem ver. Como era o seu rosto? Tento refazê-lo, mas só consigo observar o vulto enrolado nos cobertores mal arrumados e os pedaços de lençol que saem pelas bordas, um rosto em branco, não, não. Poderia reconstruir o rosto que tínhamos, porque tínhamos um rosto e também corpos, sim. Os dois, sempre. Íamos talvez com uma cota exagerada de energia passando ruas, procurando nossa célula precoce, procurando-a porque tínhamos nos convencido de que era o único possível, aquilo que podia nos conter na história, uma história, dizíamos, ativa, e dizíamos: nunca em cima de nós, jamais nos regendo com seus orçamentos monstruosos, estávamos esperando a chegada inescapável da história. Havia rosto e corpo, expressões no rosto e ossos estavam ali, relegados à sua mera existência, sem hierarquia os ossos, praticamente sem lugar, uns ossos elásticos, até flexíveis que lhe permitiam incríveis inclinações até tocar o chão. Você gostava de se curvar como um contorcionista. Não gostava, se tratava de um mero exercício ou de uma prova, com certeza um jogo em que eu tive que lhe seguir obrigatoriamente. Eu também conseguia, inclinada, pôr as mãos, as palmas, digo, no chão. Ficar nessa posição por uns instantes. Muitos. Não sei o que nos induzia a essas formas infantis. Agora mexo a cabeça e me censuro.

    Como podemos ter nos entregado àqueles atos sem sentido?

    Ou como deixamos que o tempo transcorresse jogando cartas, brincando de ganhar um do outro, dentro das estratégias propostas pelas regras do jogo? Como reconhecer, sem nos envergonharmos, que gostávamos de jogar cartas, que fazíamos isso naquelas horas mortas, sim, jogar uma e outra vez, entregues compulsivamente a um fervor tão, mas tão banal? As suas mãos ágeis brandindo o leque de cartas, embaralhando-as, esperando com uma ânsia desproporcional a sorte que o maço nos depararia, a sua desventura quando você perdia.

    Você perdia e não conseguia disfarçar o desgosto.

    Ou talvez era o meu orgulho desmedido de ganhadora o que acabava por afligi-lo, o riso ante a sua derrota, os pontos que se voltavam contra você e você terminava sisudo. Vejo claramente como naqueles momentos que já parecem imemoriais lhe era impossível reconhecer que você estava incomodado, pesaroso por ter perdido, ferido.

    Estúpidos jogos de salão, inofensivos mas absolutamente retardatários. Eu lhe disse. Não podemos nem devemos. Assim eu disse, não podemos jogar, não devemos, não mais. Você acatou. Em troca, talvez como uma forma de revanche, você se recusou a dançar. Eu gostava, devo reconhecer, daquela espécie de felicidade ou de energia autônoma trançada entre a música e a dança. Aquele aspecto inteiramente corporal que de certo modo expressava a pontuação de um corpo sem mais rito que si próprio. Mas se eu o fazia, se cedia à música, se aceitava a dança, o seu olhar descontente me impedia de me concentrar, me fazia perder a necessária harmonia que eu devia conservar com meu companheiro. Eu me tornava torpe, absurda. Você conseguiu que eu não dançasse. Nenhum dos dois. Mas hoje quero lhe perguntar "farei isso esta noite" o que você sentiu quando dançou com ela. Se o fizeram alguma vez, se tiveram a oportunidade de se abraçar no meio de um baile, se chegaram a se abraçar dançando, se você gostou de dançar com ela. Se dançaram. Tenho que fazer isso, é uma pergunta pendente que eu preciso resolver e você desta vez vai me responder, ainda que você seja um vulto na cama, terá que me dizer o que fizeram, qual foi a qualidade da diversão, em que ponto se desencadearam os risos, a terrível cumplicidade ocasionada pela gargalhada, porque você ria, eu vi, eu sei, como a testemunha mais confiável, que você fez isso, só que agora posso não conseguir vislumbrar o brilho dos seus dentes nem sequer a expressão encantada, subjugada que acompanhava o riso, menos ainda lembro a cara dela nesse instante, a mesma que me permitiu adivinhar que eu estava fora e que tinha, era meu dever, que entender, aceitar uma decisão da qual eu não fazia parte. Vou lhe fazer uma série de perguntas encadeadas e precisas, se você dançou, quanto vocês dançaram, onde, e vou perguntar como se deu a decisão, quais foram os argumentos e o que você fez com as suas culpas. Não aceitarei sua negativa, não vou permitir. Olho você da borda da cama e duvido. Não, não, não. Nem mesmo um cachorro merece isso, penso, para quê.

    Sim. Depois de mil anos, para quê?

Não.
Conversavam e riam. Sei que fui invadida por um profundo desgosto, sei também que avancei de maneira impulsiva, que me interpus, era imperativo, me interpor: temos que ir. Claramente estava enfrentando você, já é hora. Não, você respondeu, ainda não. Sim, insisti, o que neste preciso instante me parece uma atitude absurda. Não. Você disse com um tom definitivo demais. Contundente. Me restava só sair, ir embora, atravessando a sala repleta de corpos, enquanto me expunha aos olhares para depois desaparecer, me perder deles, de vocês. Desencadeava-se incontrolável uma emoção progressiva. Sim, a emoção. Sentia com uma ênfase impressionante. Estava corroída de maneira ascendente por uma crosta adversa, mas, ao mesmo tempo, extraordinária de sentimentos. Me assombraram meus sentimentos: negativos, intensos e sofridos. Tanto que eu não cabia ali, minha consciência, até me converter em algo parecido a um feixe que me expulsava de mim mesma

e paralelamente me retinha em uma aresta irreal a ponto de ser ultrapassada, destruída contra uma solidão humilhante e radical, empurrada à experiência de um processo interior demais e inclassificável em que o ódio parecia material, incrustado na impossibilidade de lhe dar um curso, uma saída, um orifício para desmantelar o ódio, um resquício viral para disseminá-lo e desalojá-lo, a doença, o ódio, digo, o meu que nem eu mesma conhecia, sua força em mim.

Ódio puro.

Por que pensei que estavam dançando? Você não estava dançando, não, não, estavam conversando de um jeito extraordinariamente íntimo, é o que penso agora, sim, ambos os corpos ocupavam as palavras como um simples subterfúgio. Ali você estava, alheio, caindo aos pedaços, um homem comum. Frágil e comum. Percebo sua palidez. Você comeu, pergunto, comeu o arroz que eu deixei. Sim, sim. Eu queria estar ali, que voltassem a transcorrer aquelas horas com toda sua desmesura, sim, retornar exatamente ao mesmo ponto, meu olhar, a noite, espaço idêntico, o desprezo e a humilhação a que você me submeteu, queria ver, cheirar, padecer aquela situação para me extraviar de mim. Foram horas de uma maravilhosa plenitude, o descaramento, o meu. Está doendo a cabeça?, pergunto. Infiro isso, suponho pelo modo como você leva a mão à testa. A enxaqueca que ocasionalmente o invalida. Observo o seu rosto sombrio e tomado pela enxaqueca, os anos dos nossos rostos. Nós o perdemos, o rosto, o tempo nos converteu em formas humanas radicalmente seriadas, multitudinárias, mas dotados de um rigor, aquela série opaca e disciplinada em que se reconhece um militante, um verdadeiro militante, tal como nós que seguimos fielmente o traçado dos nossos princípios. A gloriosa escassez necessária e resistente, a analítica que nos pertence, os termos gastos mas necessários, abarrotados de um desejo injustificável: esperar que a história se manifeste. Continuamos linearmente convivendo com uma época que não nos cabe, cada vez mais enxutos, severos, mantendo um silêncio eloquente diante de tudo aquilo que esteja fora das nossas convicções. Sim, porque mais além dos movimentos vazios ainda que previsíveis que nos regem, está a certeza, a nossa, incrustada no canto militante em que se aloja o perene dos nossos cérebros. As suas ideias reformistas foram controladas e disseminadas. Você entendeu. Entende, eu lhe disse, que não é possível que você, precisamente você, caia na armadilha, que armadilha, do que você está falando, por que você me interrompe, me deixe pensar. A chaleira agora não ferve, não ferve, o maldito gás. Você queria, nesse dia, no seu dia mais reformista, pensar, o que você ia pensar? Estava prestes a abandonar a linha e entrar no território complicado das negociações. Você ia direto à dissolução, ao abandono e ao fracasso mais abismal. Buscava uma saída como se você tivesse se transformado numa toupeira. Me deixe pensar, me deixe pensar.

Eu ri.

Algo fora já tinha se desagregado, pensei na desagregação, em suas causas, seus efeitos, em toda a extensa monotonia que nos circundaria. De maneira veloz se projetaram na minha cabeça uma sucessão de fragmentos alterados a ponto de explodir: a correlação de forças, o tempo de trabalho, o valor de uso, o valor de troca. Intuí o deslocamento fortuito e veloz de uma rede tecnológica deslizando por um falso letreiro digital: "A burguesia despojou de sua auréola todas as profissões que até então eram tidas como veneráveis e dignas de respeito piedoso. O médico, o consultor jurídico, o sacerdote, o poeta, o cientista, converteu todos em servidores assalariados".

Um fragmento precipitado que se estendia projetando uma obra não só ultratecnológica, mas certamente de uma contemporaneidade insuspeita, uma ópera desgarrada que mostrava sua violência. A mesma violência que agora provoca sua enxaqueca, o percurso arbitrário e persistente do mal-estar, a lança ominosa. Quero tocar a sua cabeça, ajudar você com a dor, fazer a dor passear pelo seu crânio para desalojá-la, atravessar o cérebro, percorrer suas dobras, tirá-la pelo olho, expulsá-la em direção às paredes do quarto até dissolvê-la e aniquilá-la. Deite-se. Feche os olhos, vou lhe dar um chá. Por que não fica quieta, você, você é que me provoca essa dor, você. Você titubeia irado com as palavras, mas então, quando você estava prestes a desistir e tomar outro caminho, o seu, você permaneceu em silêncio, concentrado, imerso no último corpo que então lhe pertencia e que já estava em franca retirada. Ensimesmado da cabeça aos pés, preso na tensão, na sua. Você estava, eu sei, a ponto de decidir. O que eu podia oferecer, você me olhou, penso agora, com a estranheza de uma resignação agressiva e incerta. Você sabia, como não, que estávamos numa disjunção. A célula pendia por um fio, se você se reintegrava, se voltava para recolher os pedaços, você se internaria em uma decisão irrevogável, iria direto ao centro da célula para convencer, chegaria, depois da urgência do chamado, a uma reunião clandestina e inadiável para tentar um acordo, o seu acordo, o seu acordo no qual se resolveria uma posição, sim, "posição", você tinha me dito nas horas anteriores, mudar minha posição, é preciso entrar, você disse, de outro modo, porque as condições produtivas se transformaram e isso implica, você disse, adquirir uma nova posição, entende?

    Sim, eu entendi.

    Sempre mudam, eu disse, as condições produtivas, mas não de posição, não, só as condições produtivas, mascaradas, tortuosas, trapaceiras. Como você vai mudar de posição? Se mudar de posição, eu disse, então estaríamos de saída, fugindo a um território comum, legível, ao terreno novo da ideologia voraz, incendiária, e então citei, ao pé da letra: "A grande indústria criou o mercado mundial, já preparado pelo descobrimento da América". Ah, você me disse, ah, decepcionado e irresoluto ou tentando um acordo comigo. Você queria, assim eu entendi, encontrar em mim uma aliada, queria que eu o acompanhasse a uma nova reunião da célula, você esperava dubitativo, ansioso, que eu fizesse parte. Mas não.

A sala de reunião, a última sala, aquela em que se consolidaria a sua derrota, parecia desconfortável, mas, ao mesmo tempo, perfeitamente segura. Ali estivemos, quantos?, oito ou dez dias sentados naquelas cadeiras dizimadas pelo uso, clandestinos (os oito continuam sentados no canto do quarto, seus rostos ou melhor os contornos de suas caras experimentam os efeitos de um mutismo prolongado: a petrificação de suas bocas e dentes absolutamente maltratados). Posso rememorar só a sala dos últimos meses porque tínhamos que trocar de espaços, fugir dos endereços, repensar os bairros, os quarteirões, as esquinas, a composição das casas, nos deslocar com uma cautela racional. Fazíamos isso para evitar assim o possível registro, o arrasamento da nossa célula, operávamos naqueles dias sob o modelo da colmeia, a figura da abelha. As paredes e o teto estavam ali para nos lembrar até que ponto o espaço era provisório. Observei o teto com atenção, percorri as paredes, me detive nas expressões, reparei na oscilação dos pés dos presentes, seus movimentos. Me dediquei a examinar. A última reunião tinha se desencadeado. As cadeiras dizimadas, os pés inquietos, os rostos que ansiavam a neutralidade, eu já disse: as paredes, o teto, o café, a falta imperdoável de açúcar e sua reminiscência de acidez, a garrafa térmica, os copos de plástico, os goles mornos. A espera. O seu aliado, eu mesma, a briga iminente, os matizes dos argumentos, o cansaço hostil que já havia invadido de forma letal a nossa célula.

    Me detive nas pernas dos presentes. Seus movimentos nervosos delatavam a agitação, mas especialmente me devolvi ao horror daquela noite e ao peito colapsado por uma respiração que se fazia acelerada e progressivamente impossível, temos que levar o menino ao hospital, enquanto o estertor implacável punha meu protesto, minha urgência, meu desespero no centro do nada, porque as palavras estavam ali para recobrir sua morte, para acompanhá-la e talvez precipitá-la com palavras inúteis, palavras mortalhas, elementares, primitivas diante da impotência da asfixia que ocorria a centímetros de rostos que desde aquele momento se esvaziariam, os nossos, aqueles que carregaríamos e que nos acusariam pelo ato incompreensível de sobreviver.

    Mais adiante, quando começou a massificação dos nossos rostos, fizemos o acordo de não rememorar. Decidimos suspender todo juízo sobre o passado. Quem decidiu isso, como se formulou nosso pacto, foi por acaso explícito, me pergunto agora. Submergimos no quarto, o nosso, o mesmo dos últimos anos, quantos anos, vinte, trinta, quarenta, serão cem ou mais, que importa. Pontuais no quarto, mantendo obstinados a validade das nossas rotinas. Eu lhe passo a xícara de chá, não me queixo do frio que tive que suportar na cozinha, ponho o açúcar, agito o líquido com a colher, aproximo de você a xícara, você se ergue, bebe, faz isso com a dor impressa no rosto, o cenho, as bochechas e especialmente a mandíbula ferozmente esmagada, a sua, a velha ferida, resistindo e, claro, os olhos, o olhar cansado ou esgotado ou enfastiado pela dor de cabeça, o olhar sim, o seu, decididamente alterado pela enxaqueca. Ou não. Um olhar que finge que eu não estou ali, que não estendo meu braço para lhe proporcionar o chá, que não fui à cozinha e em seguida voltei com meu passo furtivo, meus tênis de esponja, eu os observo, sua forma, a engrenagem dessa precisa e desgastada e frágil e até pueril esponja nos meus pés, mas deveria dizer, nossos tênis, os únicos que temos. Meus pés, de certo modo, desconhecidos, pés capturados em percursos rígidos, funcionais, levemente cobertos por um par de tênis espantoso, olho para eles, para os tênis, sentada na borda da cama, e minha pupila alcança o perímetro das tábuas do piso, justo no instante em que se produz em meus olhos um inevitável pestanejar, veloz, aquela velocidade mecânica do corpo, a mesma que permite que eu me levante, pegue a xícara já vazia e a sustente com relativa firmeza, me erga sobre meus tênis absurdos e olhe para você, e volte a pestanejar e a tentar, tentar lhe perguntar por que não o levamos, por que, eu digo, não o levamos e não termino, como sempre, a frase. E você sabe que eu não vou completar a pergunta, mas entende que não vou esquecê-la e vamos ficar suspensos nela, em uma pergunta-chave que não tem resposta e que só funciona como isso, como pergunta, não ociosa, não, nunca, e sim como a forma inequívoca em que me resguardo para lembrar a mim e a você quanto temos que nos submeter, até que ponto estamos comprometidos desde a raiz mais insólita dos nossos ossos.

 Os seus, os meus, penso, enquanto continuo olhando meus pés e sua apertada e inumerável disposição óssea, você quer, eu pergunto, ler o jornal.
 Não consigo, você responde, agora não.
 Acompanhamos com distância, e até com uma frieza ostensiva, o acontecer em que se organiza o sempre colapsado presente. Cada vez que lemos o jornal, nos poupamos dos comentários, deliberadamente não manifestamos estranhamentos nem menos estupor diante da desmesura dos títulos. Só intercambiamos sorrisos fugazes quando algum excesso beira o patético. Sorrimos e possivelmente até mexemos a cabeça para confirmar o grau

que alcançou o escândalo. Conhecemos com perfeição a alienação grotesca dos títulos, como também o exercício de síntese que requer uma leitura profissionalizada, a sondagem aguda que precisa da notícia. Depois de tudo fomos analistas talvez por um tempo prolongado demais. Aprendemos a administrar cada uma das variáveis, não apenas sopesá-las, e sim estabelecer suas intrincadas relações. Analistas. Nos desvelamos, permanecemos absortos, decifrando. Atuamos cumprindo nosso labor de militantes. Os erros que podemos ter cometido no começo das nossas funções conseguimos corrigir graças à nossa paixão exaustiva. Analistas de títulos, de parágrafos, de seções cruzadas, de sincronismos e diferenças, de matizes, de suspenses, a insaciável repetição de uma notícia, a manipulação grosseira. À maneira de um quebra-cabeças ou de um mapa desarticulado, restabelecíamos o território. Você não quer ler o jornal, não consegue por causa da dor de cabeça, Não, você disse, e repete enquanto move depreciativamente sua mão. Você se lembra, eu pergunto, e sinto que penetra em mim um hálito de vida que me percorre, mas você interrompe as minhas palavras.

    Não, não me lembro, você diz.

Eu me desloco pelo corredor me segurando sucessivamente nos metais. Meu corpo não para de se sacudir. Só quando o ônibus se detém por completo, desço e ponho com cautela meus pés na calçada. Ninguém além de mim desceu hoje neste ponto. Levo na mente o número de ruas que devo atravessar, cinco. Sim, cinco, penso, enquanto imprimo um ritmo regular a cada um dos meus passos. Rápido. Hoje me persegue o vento gelado da manhã. Terei que aguentar este frio prematuro para chegar até a casa onde me esperam.

Paro no número 509 e aperto a campainha. A empregada me deixa passar. Eu a cumprimento parcamente e vou direto até o quarto. Assim que entro, fecho a porta atrás de mim. Noto a calefação benigna que protege o quarto. Deslizo uma parte das cortinas cuidando para que a luz não escape totalmente. De imediato me dispo: o casaco, o vestido, as meias, os sapatos. Sinto que ela me observa de sua cama quando, do interior da minha bolsa, tiro com rapidez o avental de plástico e visto. Em seguida

dobro a minha roupa e a deixo em cima da única cadeira localizada exatamente ao lado de sua cama. Esfrego as minhas mãos com energia e me debruço em cima dela:
    Hoje temos que tomar banho, digo.
    Ela me observa passivamente com seus olhos desmedidos e aquosos. Quando passo a mão pelo rosto dela, percebo sua pele áspera e vejo que sua boca está demarcada por uma linha de grumos brancos. Procuro na gaveta do criado-mudo e, com o lenço de papel untado de creme, limpo os grumos de sua boca. Faço isso com um movimento veloz, embora cuidadoso.
    Levantemos, digo. Agora vamos nos levantar.
    No fundo de seus olhos se desenha um profundo desgosto.
    Ela mexe a cabeça, recusando. Mas eu subo em cima da cama, aperto-a pelos ombros e consigo sentá-la. Sei como sentá-la e também como abaixar suas pernas. Para fazê-lo, seguro seu corpo pelas costas, empurro os quadris e, com um movimento desimpedido, saio da cama e a levanto com o impulso de seus próprios braços. Faço isso com suavidade porque sei quanto ela sente dor nas articulações.
    Quando estamos de pé, ela se segura no meu ombro com uma força que não deixa de me surpreender. Antes de dar o primeiro passo, cuido para que seus pés não fiquem presos na barra da camisola.
    Caminhemos devagar. Devagarinho, eu digo.
    Ela está brava e eu leio em seus olhos uma mistura de terror e de desprezo. Desvio meu olhar, o escondo. Chegamos até a porta do banheiro, abro a porta e de imediato a aproximo da parede e ponho suas mãos sobre os metais para que ela se segure. Ela permanece com a cabeça inclinada, esperando. Aguarda que eu levante seus braços e tire cautelosamente a camisola. Ela treme. Abro o chuveiro e com as minhas mãos escolho a temperatura. Me viro para ela e esfrego seus braços. Nesse momento, me curvo e tiro sua calcinha e sua fralda.

Pego a calcinha molhada e a deixo junto da camisola. Envolvo a fralda num plástico e a jogo no cesto de lixo.

O cheiro nos invade.

Mas eu já a tenho coberta pela água e cuido para que sua cabeça não fique exposta ao golpe do jorro. Desvio o curso da água e impregno de sabonete a esponja, a que eu comprei pessoalmente, a melhor, e a deslizo com energia pela parte interior de suas coxas. Mesmo sem olhar seu rosto, sei que ela permanece de olhos fechados. Sempre. Espremo e espremo a esponja com a qual limpo as suas coxas, até ter certeza de que escorreu, junto com a água, o último resto de cocô que ainda permanecia em seus genitais. Volto a passar a esponja, desta vez sem sabonete, para deixá-la pulcra.

O cheiro vai perdendo sua consistência. Só permanece o pesado halo de urina que já invadiu definitivamente o quarto e o banheiro. Como se estivesse incrustado nas paredes, o cheiro de urina, constante, rebelde, inconfundível.

Agora vamos nos virar, digo. Vamos nos virando, devagar não vamos escorregar.

Disso ela gosta. Que eu passe a esponja por suas costas, que a deslize graças à extraordinária qualidade do sabonete que eu mesma recomendei. Estão escamosas as suas costas. Eu me agacho e continuo atenta à forma de suas pernas. Sinto como a água do chuveiro molha os meus cabelos. Esqueci de trazer a touca de plástico. Soube disso assim que abri a sacola. Não trouxe a touca, pensei, sabendo que a falha já era irreparável. Quando termino as pernas, me ergo e seco a minha cabeça com uma das toalhas brancas. Há duas. Eu pedi expressamente. Duas toalhas.

Vamos nos virar, eu digo.

Eu a seguro pelos ombros e a coloco na minha frente. Nossos olhos se encontram e eu me preocupo em descarregar meu olhar, de olhá-la como se não existíssemos.

Fechemos os olhos, digo.

Ela os fecha e inclina a cabeça. Já estou com o xampu na palma da minha mão para dar início a uma operação difícil. Mantenho a cabeça dela longe do jorro e começo a lavar seus cabelos.

Não vá abrir os olhos, digo. Não abra porque podem irritar. Vamos fechar os olhinhos, repito.

Com as gemas dos dedos esfrego seu crânio até que seu cabelo amolece e desaparece sob a espuma farta. Ainda tem cabelo, penso, deve ter tido muito, em excesso, penso, enquanto vejo que a água começa a escorrer e tiro a espuma que está a ponto de correr por sua testa. Acomodo sua cabeça embaixo do chuveiro e enxáguo os cabelos. De sua cabeça inclinada, a espuma cai diretamente em seu peito e nesse momento começo a passar ali a esponja combatendo o acúmulo de manchas escuras e irregulares que sulcam sua barriga.

Com a esponja, movo o pouco que resta de seus seios e vejo seus mamilos enrugados e escurecidos. Esfrego seus mamilos. Com a borda da minha unha descolo as aderências pretas que eu já tinha percebido. Ela continua de olhos fechados, apertados, a ponta de uma careta a deformar seu rosto.

Vamos abrir os olhinhos, digo.

Me debruço com a esponja na parte dianteira de suas pernas e de novo a água molha totalmente a minha cabeça. Termino em seus tornozelos, levanto e pego a toalha para secar mais uma vez os meus cabelos. Depois fecho a torneira e a envolvo com a toalha. Procuro no móvel o secador e, graças ao calor, seu cabelo volta a adquirir uma forma. Em seguida seco a minha cabeça.

Eu a seguro pelos ombros e a levo envolta na toalha branca, caminhando com lentidão até o quarto.

Vamos sentar, digo.

Eu a sento na borda da cama cuidando que esteja coberta pela toalha. Depois vou até o armário e encontro, na gaveta indicada, uma camisola limpa. O algodão azul claro está desbotado e as flores que a enfeitam praticamente não se distinguem. Procuro na parte superior do armário uma fralda. Ficam ali as sacolas enormes apertadas num espaço que parece insuficiente. Tiro uma fralda e a ajeito.

Retiro sua toalha e a deito de costas. Suas pernas pendem pela borda da cama. Com a manta que está em cima da colcha, eu a cubro até a cintura. Abro uma gaveta, tiro o creme e o óleo e ponho em cima do criado-mudo.

Vamos abrir as perninhas, digo.

Ela não quer fazer isso e me obriga a separá-las, a separar eu mesma as suas pernas. Unto de creme a minha mão direita e passo verticalmente, pela parte interna de suas coxas, o creme reparador. Vejo pelos escassos pelos que lhe restam como se estende e cresce uma vasta superfície de pele irritada.

A senhora tem se coçado, digo. Não podemos nos coçar.

O estado crítico de sua pele me indica que está prestes a se desencadear uma ferida que julgo perigosa. A pele parece a ponto de se romper e por isso me esmero em cobrir especialmente aquela região com uma quantidade de creme considerável e talvez excessiva. Dói nela. Sei porque ela se queixa, tenuemente. Se eu levantasse a cabeça poderia ver a expressão de dor em seu rosto. Mas não o faço porque noto que ela está ficando com frio e ainda falta aplicar o óleo. Deixo o pote de creme em cima do criado-mudo e pego o óleo.

Me agacho e passo aos pés. Separo um por um os seus dedos e os cubro de óleo. Deveria cortar suas unhas, mas adio. Não agora, penso. Então deito seu corpo sobre a cama, ponho-a de bruços e a cubro com uma manta dos quadris aos pés. Noto que a pele das suas costas está arrepiada.

Está com frio?, pergunto.

Espalho o óleo por seu pescoço e em seguida percorro milimetricamente as costas. A pele está tão seca que eu não me importo com o gasto de óleo. Em seguida ponho a manta em suas costas e passo a lubrificar as coxas. Noto a vulnerabilidade da pele em seus quadris. Muito em breve vão se desencadear as escaras, penso. Viro seu corpo e o cubro até a cintura enquanto o óleo agora avança sobre a pélvis e a parte superior de suas pernas.

Pego a fralda e a levanto pela cintura com uma força veloz, ajeitando-a. Me certifico de que esteja perfeitamente adaptada apertando as laterais com as minhas mãos, uma e outra vez para que não descole. Imediatamente visto nela a calcinha, depois desço a manta e me encarrego de lubrificar o peito e a barriga. Vou rápido com o óleo e sei que se aproxima o momento mais difícil entre nós. O rosto. O óleo no rosto.

Não tenho alternativa.

Ponho o óleo na minha mão e meus dedos começam a explorar seu rosto. Ela se esquiva abertamente virando a cabeça. Como sempre, obstinada, teimosa. Ela.

Não mexamos a cabeça, digo.

O gesto me obriga a segurar sua mandíbula com a mão esquerda para imobilizá-la enquanto cubro suas bochechas de óleo. Ela abre os olhos e me contempla com um rancor penetrante.

Bicha, ela me diz.

Agora vamos vestir a camisola. Sente-se, digo.

Eu a ergo e visto nela a camisola. Abro o criado-mudo e tiro uma escova pequena. Eu a penteio cuidando de tirar os nós das mechas, em seguida a deito, ajeito os lençóis, aliso a colcha e acomodo as almofadas embaixo de sua cabeça. Ela parece saudável, de certo modo renovada, agora que suas bochechas estão levemente coradas.

Você está com uma aparência boa, digo.
Uma aparência muito boa, insisto.

Guardo o creme, o óleo e a escova na gaveta do criado-mudo. Pego minhas roupas: meu sapato, a bolsa, a toalha, e vou ao banheiro. Me visto e percorro com o secador cada dobra do avental. Quando o plástico está seco, eu o dobro e guardo na bolsa. Organizo os cabos do secador e deixo a camisola, a calcinha e as duas toalhas molhadas no cesto de roupa suja. Me certifico de que tudo esteja no lugar. Reviso as torneiras, ajeito a tampa do lixo que contém a fralda suja, apago a luz e fecho a porta.

Vou até a cama e um simples olhar me permite constatar uma espécie de serenidade e de ordem. Desta vez ela não se mexeu nem jogou no chão as almofadas ou desarrumou os lençóis. Abro as cortinas e atravesso o quarto.

Até logo, digo.

Saio ao corredor, e o silêncio que toma a casa me invade.

Já terminei, exclamo com um grito moderado. Fico parada no corredor até que aparece a empregada com o envelope na mão. Recebo o envelope e guardo na bolsa. Caminhamos juntas até a rua. Parada na porta, ela me diz:

Está frio.

Sim, eu respondo, está frio.

Vem na terça que vem?, ela pergunta.

Sim. Claro que sim, respondo.

Pensamos de maneira obsessiva nos olhos, os meus, os seus, os nossos. Percorremos o atlas humano, o mais compacto, mas, na verdade, nossa atenção está concentrada na desagregação de suas partes, a ampliação desmedida e artificial de cada um dos órgãos e, ali, é claro, aquele olho enorme com suas relações intrincadas. Como conseguimos suportar, como pudemos viver com olhos que se esgotariam até atacar progressivamente a decisão e a direção do olhar. Observo o seu olho. Abro ao máximo o seu olho com os meus dedos.
 Deixe eu observar o seu olho.
 Para quê?, você diz. Para vê-lo, para comprovar o olho. Está bem, está bem, você me responde e permite que meus dedos se esmerem, o abram, ridicularizando sua pálpebra, para sobressaltar assim o seu horrível globo ocular a ponto de que pareça fora de si mesmo. Eu seguro seu olho aberto entre os meus dedos. Um olho vivo, móvel, firme, mas falece, eu sei, o olho. Aproximo mais e mais a pequena lâmpada,

mas não basta ao meu próprio olho, esta notória debilidade ocular. Se tivesse uma lanterna, um microscópio, a potência de uma luz mais que halogênica. A pálpebra se contrai, eu lhe digo, a cada seis segundos. A cada seis segundos se produz um pestanejar. Tento entrar, tento entender o olho que está nos arruinando.

A cada seis segundos?, você diz.

Exatamente.

Você ri à sua maneira, contida, racional, carente de realismo. Eu experimento um desejo incrível de lhe dizer:

Não ria, ou dizer: está rindo do quê, ou dizer: por que você está rindo.

O olho não vê nada, eu digo, não, nunca, é o cérebro, eu digo, trata-se de uma ordem. Tento dar um tom especial à palavra ordem, enfatizá-la e, como sempre acontece, para meu pesar, repito a palavra e acrescento: ele entrega uma ordem ao nervo óptico. Tenho certeza de que é assim e, no entanto, me deixo invadir pela dúvida que me assalta sobre a realidade da vinculação entre o cérebro e o nervo óptico. Exploro com o nó de um dos dedos, o da mão esquerda, o seu globo ocular.

Toco.

É aquoso.

Um líquido frio e tênue, cristalino. Digo: cristalino. Você mexe a cabeça, não consegue, quer pestanejar, deseja que eu retire os dedos que sustentam uma pálpebra absurda e assim recuperar seu olho. Eu gostaria de lhe dizer, quem se importa com seu olho, quem se importa com os seis segundos que suas pálpebras suportam. Em vez disso, de maneira robótica, me refiro ao humor vítreo e ao humor aquoso. Na parte posterior o vítreo, e na parte exterior o aquoso. Por isso tenho a possibilidade de passar suavemente o nó de um dos dedos no seu globo ocular e ter a certeza de que esse toque sutil não o vai danificar, porque o que apalpo na realidade é o humor aquoso que está ali para proteger. É o que eu faço. Mas não serve. Não consigo entender a natureza do seu olho nem do meu e só presumo o olhar. Em sua máxima plenitude ou em sua decadência ali está o olhar, aquoso e vítreo, mas cerebral, um olhar cerebral, o seu ou o nosso, um olhar de raiz nervosa ainda que dominado inteiramente por um cérebro que nos acostumamos a administrar. Um olhar, assim decidimos, oportuno, externo. Um olhar atento e consolidado na história. Não podemos, você disse, cair nos sentimentalismos com que o lado mais previsível da nossa época nos depara.

Sim, respondi, concordo.

Devemos, assim você disse, tomar cuidado com os desviacionismos que nos perseguem. Sim, respondi, por toda parte nos perseguem. Por esse motivo, eu disse, você tem que lembrar que: "Todas as relações de propriedade sofreram constantes mudanças históricas, contínuas transformações históricas".

Enquanto escrevia essas palavras, pensei que não podia me enganar. Uma sílaba mal escrita ou um erro ortográfico turvariam o prestígio da afirmação. Se o fizesse, entraria no território do desviacionismo, interviria perversamente um silogismo excepcional que estava ali para convencer. Tratava-se de entender e em seguida de copiar. Era uma tarefa estratégica. Eu havia sido escolhida para realizar a missão que a célula tinha me encomendado. A primeira célula, aquela que estabelecemos e que ainda não havia experimentado a divisão, a primeira de cada uma das sucessivas atomizações que os anos precipitariam.

Uma copista estudiosa, encarregada de selecionar os ensinamentos imperiosos. Eu tinha sido escolhida como delegada para encaminhar sabiamente o mal-estar. Você insistiu: é preciso afastar os sentimentalismos porque, de outro jeito, nossa célula se converteria num reduto volátil demais. Aprovei, sim, sua perspectiva. Já não lembro como me escolheram delegada, como se produziu a votação, se eu mesma me ofereci ou fui simplesmente empurrada a cumprir essa tarefa. Você lembra, eu pergunto, como cheguei a ser delegada. Com as suas mãos, você tira meus dedos da sua pálpebra. Fecha o olho, os dois olhos, apertando-os.

    Sim, você diz, eu lembro.

    Então, eu digo, como? Ah, ah, você responde, visivelmente incomodado. Eu me levanto da borda da cama onde mantinha seu olho sob o meu olhar e me aproximo da mesa. Sento na cadeira e estudo mentalmente o olho. Eu o extraio de seu contexto e analiso as partes. Veloz. Dessa maneira submeto à prova o cérebro que me resta e entendo melhor o olho. Sei que copiei com exatidão as palavras, as sílabas, e pude fazer jus ao meu próprio cargo. Sei que depois, quando já avançavam os meses, me enganei vagamente. Estava divagando, pensava em como chegar a um novo nível. Queria participar a partir de um lugar menos opaco ou submisso. O que eu buscava era ocupar um espaço, aquele que eu mesma projetasse.

    Tratava-se de um desejo legítimo. Ascender à superfície da célula. Isso me conduziu a um erro, a única imperceptível falha que eu cometi. Fiz isso porque repassava o organograma para conseguir um novo cargo em que pudesse sentir. É que eu não sentia enquanto copiava uma a uma as palavras que eu mesma tinha selecionado. De repente elas começavam a perder o propósito ou simplesmente se afastavam da minha mão. Evitei uma palavra e isso transtornou a frase. Aquela palavra rompeu a ordem do tempo, o verbo que regia o percurso mais intenso da letra. Apenas aconteceu. Depois era tarde demais. Minha cópia imperfeita, descuidada, rodou loucamente alterando o sentido do silogismo.

    Fiquei com vergonha. Duplamente.

Meu silêncio se transformou em vergonha e o fato de que ninguém reconheceu meu erro a agravou. Aquela impunidade me permitiu entender que eu já não era uma especialista e que não tinha competição. Mas ainda assim, apesar da soberba primitiva que me invadiu, eu resistia a continuar em meu dever de copista. Não renegava o ofício que me foi encomendado e muito menos o tempo que dedicava a escolher aquelas afirmações que podiam iluminar. Tinha sido eleita precisamente pelo que se reconhecia como uma aptidão. Hoje posso pensar que isso era o que compartilhávamos, certas aptidões que nos permitiam convergir. Exceto por aquele dia, em que com certeza o fastio me invadiu e eu rompi bruscamente a norma. A célula, a primeira, aquela em que havíamos nos outorgado funções, nossa célula, pequena, pequena, mas dedicada, perfeitamente engrenada em suas partes, uma célula harmônica regida pelos anos mais juvenis que tivemos e fazia com que confiássemos em nós mesmos e na nossa capacidade de discrição, justo nos momentos em que podíamos ter sido mais loquazes e podíamos ter nos desprendido, mas não, não o fazíamos por amor à nossa célula-mãe, mas eu, nesse dia, corroída por um mal-estar que eu era incapaz de localizar, perguntei com um tom altivo, que hoje reconheço como inaceitável, sobre a necessidade de nos conectarmos às bases.

    Sim, naquele dia, no dia em que uma sensação inexpressável me possuía, você atuava de maneira impecável como secretário e eu comprovei que tudo estava em ordem, que cada qual conseguia prestar rigorosas contas de suas atividades. Nenhum de nós poderia ter questionado a eficácia da sua direção, mas não era a sua direção que me fazia percorrer uma sensação próxima da angústia, era a somatória estreita dos corpos que se repetiam monótonos ao longo de mais de um ano. Os mesmos, semanais, conscienciosos, sérios, respondendo. Eu era uma das que formavam a série monótona, um componente que já não surpreendia.

Dez? Éramos dez?, eu lhe pergunto, da cadeira.

Sim, você me responde distraído. Não confio na sua resposta. Observo o novelo em que você contém a si mesmo e entendo como você estraga seus ossos pela posição nefasta em que se refugia na cama. As suas pernas, os seus ombros, a coluna, o cenho franzido, os braços retorcidos, os dedos. Como você sobreviverá, eu me pergunto, como vai sobreviver encolhido na cama. Que será dos seus ossos, me pergunto, qual o seu destino se é que sobra algum, digo, um resquício de destino. Em que nível vão se desencadear as dores mais agudas, constantes, atravessando o contorno do seu novelo. Onde exatamente se localizará a dor, de que maneira vai se deslocar e como você conseguirá mexer o joelho ou o cotovelo, em que espaço do corpo lhe restará uma zona livre que não o torture com seu implacável golpe já inscrito na medula avariada dos seus ossos. Como seriam suas horas, me pergunto, enquanto você se funde e se funde ao novelo em que se converte diante dos meus olhos, estes olhos aquosos, capturados por um nervo óptico administrado como um títere pelo cérebro, o meu, só para observar a sua figura na cama, a nossa, e pressentir quanto avança o consistente dano ósseo que você se inflige e que lhe pertence. Seus ossos, são seus, penso, seus, mas não tenho nenhuma convicção, projetada como um novelo duplicado ao seu lado, sim, convertidos em um novelo na cama. Mas agora vejo você da cadeira e também vejo minha maneira súbita de irromper.

As bases, eu disse, onde estão as bases, qual é o trabalho com as bases. Depois de um instante de silêncio, um silêncio dramático, produzido, teatral, continuei: é necessário (me vi obrigada a corrigir), se faz necessário para nós, para o bom rumo da nossa célula, comprometer as bases porque: "As ideias dominantes em qualquer época nunca foram mais que as ideias da classe dominante". Foi um golpe de efeito. Para consegui-lo, utilizei uma das últimas cópias sobre as quais eu tinha me debruçado, talvez não a mais exata, mas a que naquele momento me veio por inteiro à mente. Junto com o tom de voz, me preocupei em manter uma expressão facial dotada de um grau moderado de neutralidade, controlei os movimentos dos meus pés que poderiam me delatar, procurei manter as mãos em estado de calma. Me preocupei até com a direção do olhar, a ninguém em particular, ninguém no objetivo do olho. Um olhar geral, mas ao mesmo tempo cego. Um olhar sem olhar.

Ficou um oco, se instalou o descontentamento. Os oito membros da célula se deixaram tomar pelo espanto e pela incredulidade diante de uma voz que dissentia. Produziu-se brevemente uma crise celular, a própria célula entrava em estado de tensão porque as minhas palavras, motivadas por razões contraditórias que nem eu mesma entendia cabalmente, irrompiam com crueldade para envenenar e talvez desfazer a nossa matéria.

Poderia dizer agora que uma razão orgânica me impulsionou. Eu portava em meu corpo um mal-estar biológico que me incitou a promover a primeira crise. Não lembro a minha dor, não sei em que órgão, em que ponto do corpo. Mais tarde, quando a reunião tinha acabado, eu caí num estado de estupor. Mas você, o secretário, o mais habilitado de nós, não expressou nem um átomo de desgosto, você respondeu serenamente e conseguiu, de certo modo, restabelecer o equilíbrio. Anos mais tarde, quando tinham sido derrubadas as incógnitas entre nós, entendi que eu tinha atuado como uma parte de você, que era você quem tinha me empurrado de uma maneira misteriosa a gerar o distúrbio, algo de que você precisava muito para validar sua precisão. Não pretendi me livrar da culpa quando entendi porque eu precisava daquelas atuações, as minhas, as suas, aquelas atuações sempre perfeitas que tivemos que repetir em cada uma das células que formamos.

    Como conseguimos? Eu o observo. Vejo você difusamente porque a luz ou o poder dos meus olhos, não sei, já começa a decair. Queria chegar até a cama e me deitar e olhar a rua. Mas não existe uma janela e a rua nos parece um hieróglifo.

    Sempre.

    Entregues à disciplina que requer um militante cumprimos minuciosamente as ordens. Caminhávamos seguindo nossos próprios passos. O tempo inteiro tínhamos que caminhar atrás de nós mesmos, observando nossas costas. Assim nos convertemos em nossos vigilantes. Assim você foi se esgotando, assim você se velou, assim se desfez, assim desapareceu. Assim o vejo agora mesmo entregue à exploração do seu próprio interior. Você ainda tem, me pergunto, conserva um ápice de interioridade. Em que você está pensando?, pergunto, mas antes que você responda sei de antemão o que vai dizer: em nada. Em nada, você me diz, e desta vez eu acredito. Você pensa em nada. Pensamos a mesma coisa. Em nada. Sempre.

Já transcorreram, de certa maneira, cinco décadas (não, não, não, mil anos). Cinco décadas que deslizaram sem dar mais que uma conta ultraprecária do tempo, do meu, do nosso tempo. Aprisionados nas últimas cinco décadas que tiveram de nos conter. Poderia, eu sei, auscultar as décadas, de dez em dez, decompor os anos e suas ênfases, estabelecer um lugar prolongado a cada um dos acontecimentos, chegar a consolidar uma versão possível e, mais ainda, verídica. Mas nós, digo a mim mesma e não consigo continuar porque percebo que estou me fazendo uma pergunta inútil. É assim, já que dentro, na miséria de cada uma das décadas ou em seus luxos fugazes e até em suas áreas mais amorfas nós radicamos tão, mas tão escassos que nos tornamos inescrutáveis. Na verdade, nos esquivamos da realidade de cada uma das décadas, só pudemos participar de seu perímetro como ínfimos roedores em perpétua fuga. No entanto, no entanto, eu lhe disse enfatizando a repetição, assim se constrói a história. Senti, enquanto o dizia, o peso de uma grandiloquência imperdoável e não pude senão escapar dela, me arrepender de usar uma expressão tão cômoda ou tão despojada. Estava falando sozinha, claro, sozinha no quarto porque você fingia estar dormindo ou doente enquanto respirava na cama evitando ao máximo delatar que você inalava, e exalava, para escamotear assim a existência do seu corpo na cama, na nossa, do meu corpo na cama. Talvez o mais sensato fosse dizer de uma vez por todas: nosso corpo, para assumir que estamos fundidos numa mesma célula, na célula que somos e que nos dispara já em direção à crise, uma crise celular ou um estado celular deteriorado, sim, convertidos numa verdadeira república de células que nos ratifica como orgânicos, orgânicos ou congênitos demais, não me toque, não me toque com o pé, eu digo, meu tornozelo, não faça isso, tire o pé, tire o pé da cama. Tire o pé se for preciso, corte o pé, morra.

Está morrendo, está morrendo, pensei. Pensamos juntos, dissemos em uníssono, está morrendo. Vi ou vimos, já não sei como ser justa, a fragilidade da máquina humana ou então observamos o humano como uma organização desprezível, comum, mecânica, uma forma primitiva e incessante, geradora do pior tipo de exploração, uma produção meramente orgânica que estava ali só para servir à sua própria espécie, a espécie humana. Sim, uma maquinaria seriada, multitudinária, que existia para colonizar a si mesma, a espécie humana, digo, dissemos, num procedimento que não era sequer complexo, e sim abusivo, pelo que escondia. O que escondia?, o que se elide, que o corpo, os inumeráveis organismos estavam ali para servir a outros organismos numa cadeia de produção que tinha um componente alienante, imperdoável e injusto. A divisão dos corpos, o desgaste dos órgãos, quem foi que disse?, quem?, Mas a morte chegava até nós e foi então, penso ou pensamos, já não sei, quando se desencadeou um momento lúcido e estremecedor que nos permitiu compreender que éramos umas maquinarias. Ali se produziu o que se poderia entender como uma epifania ou um instante compreensivo, em cima da cama, enquanto pensávamos em como fazer, como levá-lo ao hospital, como fazê-lo entrar no hospital e obter para o menino, o meu, meu menino, uma cama técnica, decente e eficaz e conseguir oxigênio e remédios e soro e um médico, uma equipe médica que, ao menos, tentasse. Isso pensei ou pensamos, como salvá-lo, como evitar que ele morresse em cima da cama, da nossa, da única que tínhamos, a que ainda conservamos, esta cama que consumou a morte e que nos condena a uma espera que se reafirma como espera e que só parece capaz de acumular décadas (milênios) de desgaste e de ruína, de células mortas, de decadência em travesseiros ou nos lençóis absolutamente desbotados, mais ainda que o cobertor ralo que perde progressivamente sua fonte de calor, sua forma, seu peso, seu limite geométrico, um retângulo tênue que alguma vez foi luminoso e exato. Observei a máquina de morte exterminando a máquina celular. Dali em diante nos convertemos em meras células, só isso.

Tire o pé, digo, e você o faz.

Libero assim um pequeno espaço para a minha perna, luto com você para estabelecer a competição pelo território ínfimo que possuímos, o litígio pelo lugar em que se dispõem os pés, os nossos, obstinados em não se misturar. Por isso lhe digo: tire o pé, para separar o meu do seu. Ainda finjo que o pé é meu e que os seus ossos lhe pertencem, que não é seu o meu quadril nem minha dor nem meus rins. Tire o pé, insisto, apesar de saber que você tirou, faço isso para salvar minha perna de uma confusão terrível e implacável. Quero pensar que o seu pé lhe pertence, que é seu, pela repugnância que me provoca o seu toque, o toque do seu pé coberto pela meia, porque nunca a pele entre nós, nunca, mas ainda assim tenho que entender que esse pé, coberto pela meia que não se pode tolerar, não é meu, aterrorizada diante da possibilidade de compartilhar a mesma perna, o risco, a incerteza que me obrigou a lhe perguntar se a perna era minha ou era sua, porque me incomodava, me incomodava, é sua, você disse, a perna. Minha?, eu disse, minha?, atravessada pelo estupor, e enlacei meus dedos aos meus dedos para me certificar, mas nem sequer então tive certeza, por aquela repugnância vaga e incessante, por aquele ardor líquido e ácido que me percorria, me percorre agora mesmo e enquanto você tira o seu pé, sinto que o meu foge do meu corpo para sair em disparada ao seu lado, o que você ocupa na cama.

    Deveria pensar no nosso pé e a cama seria mais possível, mais amena, e daria fim a um distúrbio que se tornou insustentável. Nosso pé. Mas ressurge o nojo, uma sensação física impossível de evadir, o nojo do seu pé que abarca o seu quadril e o rosto que você possui e que me parece impossível de administrar. Eu me viro disciplinadamente para a parede e espero.

    Somos, assim pactuamos, uma célula.

    Fizemos isso depois que se consumou a morte, não se mexa, nem a cabeça e muito menos os braços, não agora, porque era uma morte que nos cabia e nos desgarrava. Não o levamos ao hospital, não parecia possível. Minhas súplicas, eu sei, eram uma mera retórica, uma forma de desculpa ou de evasão. Não podíamos acudir com seu corpo consumido e agonizante, ansioso e agonizante, macilento e agonizante, amado e agonizante, ao hospital, porque se o fizéssemos, se transladássemos sua agonia, se a deslocássemos da cama, colocaríamos em risco a totalidade das células porque cairia a nossa célula e uma esteira destrutiva iria exterminando o ameaçado, diminuído campo militante. Ainda que conhecêssemos as instruções, não sabíamos o que fazer com sua morte, aonde levaríamos

sua morte, como a legalizaríamos, nem sabíamos como
sair da inexistência civil para levar seu corpo morto a uma
sepultura num cortejo fúnebre que poderia nos entregar.
Não existe mistério algum entre a noite e o corpo, entre
o cansaço e a noite, entre o sono incontrolável e a noite. Sei
que dormirei de qualquer jeito, sei que atravessaremos a
insônia e, no descampado incontrolável dos nossos corpos
adormecidos, poderemos dar curso aos membros que temos,
entendo que nos roçaremos de uma maneira inoportuna,
compreendo e, mais ainda, visualizo seu pé esmagando o
meu ou seu braço em cima do meu quadril ou o contato
dos nossos ombros ou nossas cabeças próximas demais
respirando numa sincronia monótona. Sim, respiramos um
do lado do outro ou um atrás do outro ou cada um de costas
para o outro. Respiramos. Fazemos isso. Praticamente não
respira, não respira e lembro que chorávamos juntos, as
lágrimas caíam sem pudor ou sem controle e especialmente
sem um átomo de vergonha, chorávamos enquanto eu
repetia, temos que levá-lo ao hospital, e você, enquanto
chorava, mexia a cabeça em negação e tentava, procurava,
com a mão, com a mão que você tinha naquele tempo,
quando sua mão ainda era real e lhe pertencia, tocar o rosto
dele, passar sua mão pelo rosto dele com uma suavidade,
uma integridade e uma aflição que eu não conhecia em você.
Você tocava o rosto dele, repassando-o, querendo retê-lo nas
linhas da sua mão quando acabasse o rosto, a memória da
sua própria mão. Um rosto que estava de saída e que agora eu
luto para reconstituir. Você lembra, eu pergunto, como era o
rosto dele, pergunto com meu próprio rosto de frente para a
parede e sinto que você se mexe, batalha, não quer. E porque
não quer é que você enterra seu cotovelo nas minhas costelas
sabendo que eu não resisto ao seu cotovelo nas minhas
costelas e muito menos que você tente conciliar, com a sua
mão na minha cabeça, o espanto. Foi isso o que você tentou,

pôr a sua mão na minha cabeça na primeira vez em que
perguntei se você ainda retinha o rosto dele e experimentei
o estalido feroz de uma arcada, a bile que estava me
corroendo, uma arcada que chegava incontrolável e sonora
e agressiva, uma resposta biliar que abria passagem a partir
do protesto de um fígado mortificado demais que estava se
manifestando para dizer não, não a uma mão na cabeça, na
minha, sua mão. Disse não, não, não, por favor, enquanto a
bile caía em cima da cama acabando com o cobertor, mais
ainda, e então você saiu naquela noite à rua, aquela única
noite em que você se atreveu a sair à rua, com seus passos
possivelmente pesarosos percorrendo uma calçada inóspita,
o cimento perigoso da intempérie em que você se refugiou
ou tentou, se expôs para fugir da arcada, da bile, da nuvem
opressora de um rosto que já estávamos esquecendo.

    Os dois.

    Mas o que nunca conseguiríamos esquecer era a
imanência dele e por isso a bile e o fracasso da sua saída
e a volta carregada de rancor e de silêncio.

    Percebo como agora você se levanta da cama, calça o
par de tênis e sai do quarto. Mas não vai ao banheiro, não faz
isso e o meu assombro cresce quando entendo que você se
dirigia à cozinha, que depois de manipular o interruptor,
depois de conseguir a luz austera ou mesquinha da lâmpada
de 25 watts, você acende o fogo, pega a chaleira de alumínio
e põe sobre a chama e enquanto espera o fervor, atrofiado,
você aperta as têmporas com os dedos. Sei que, ainda
estando de pé, você mantém seus ombros assombrosamente
encolhidos e, quando se balança, pensa no sedimento
contido no fundo da chaleira, a quantidade alarmante
de sedimentos acumulados, mas abandona essa imagem
contaminante, se livra do relance de preocupação e volta
à sua consolidada indiferença. Você retorna com a xícara de
chá e a acomoda no lugar mais seguro do criado-mudo. Faz

isso em plena escuridão, guiado pela sabedoria que o tempo lhe outorga no conhecimento dos espaços. Você está de lado na cama apoiado num dos cotovelos e sorve ruidosamente. Não sorva, eu digo, não faça isso, por que você se levantou, o que deu em você para tomar chá a esta hora e se mexer e me acordar e me obrigar aos seus sons, o que está acontecendo com você, quem você pensa que é, como se fosse o único, sim, o único no quarto, fique quieta, como que é para eu ficar quieta se foi você quem me acordou e entre as palavras aparece a imagem do chá.

Mansa, com a calma que podem irradiar certas paisagens ou o desenho cuidadoso de um quarto destinado ao descanso, penso no chá e em sua prematura filiação ao líquido. Era um costume que lhe pertencia, um detalhe curioso, uma peculiaridade que o caracterizava. Sim. Junto ao seu nome se alçava como uma pequena lenda a sua afeição ao chá. Nem o vinho, nem a cerveja, nem sequer o pisco. Mas o chá não conseguiu diminuir ou ridicularizar você, simplesmente se inscreveu como um hábito, se não respeitável, possível, um costume que todos aceitavam e que não se fazia obstáculo. Eu me detive, me lembro disso, no chá.

Naquele momento inesperado, quando na reunião, aquela em que o designaram secretário, mediante uma votação ingênua demais mas que nos pareceu solene, você conseguiu um lugar, um espaço, um reconhecimento que lhe chegava dias antes ou depois de ter feito dezesseis anos. Militávamos juntos na célula, a primeira, aquela extraordinariamente estudantil em que tínhamos nos filiado. Depois que tivemos que passar por algumas reuniões caóticas, pediram ou pedimos que estivéssemos dotados de uma forma melhor de organização, uma forma, assim disseram, orgânica. Você se converteu no primeiro secretário daquela célula. Quando se estabeleceram os resultados, não pude evitar um impulso provocativo e lhe disse: burocrata.

Você sorriu, mas depois que nos despedimos eu só fui saber de você na semana seguinte, a semana em que você já atuava como secretário e se responsabilizava pelas atas e intervinha com propostas ativas para vitalizar a nossa célula.

    Eu me lembro da xícara de chá e do seu olhar me procurando na reunião. Ali, em público, em meio ao punhado de adolescentes com que nos congregávamos, você me recriminou por ter esquecido um dos documentos. Eu pedi desculpa com serenidade e até com gravidade, reconheci minha imperícia com o documento e prometi reparar. Assim se gestou o fio em que nos teceríamos, o seu secretariado minucioso e proeminente, um lugar instável que eu devia defender. Estendeu-se assim o fio de um tecido que hoje nos fundiu numa mesma fibra que já parece impossível de desenredar. Minha, eu digo, a perna, é meu, o joelho, seu osso e o tornozelo que conclui no começo do pé, a sensação de ter uma perna a cada vez que se produz um movimento, a certeza de jazer com a perna na cama.

    Não, você me diz, é a minha, e me diz com um tom que beira a súplica, deixe meu corpo tranquilo, estou tão cansado, me deixe em paz, ao menos me deixe esta perna minha que ainda me pertence.

Você está encolhido como de costume, ocupando o pedaço de cama que meu corpo persegue. Mas você não pode, eu não posso, você me diz, eu o escuto, entendo, acredito em você. Deixo a cama só para você, entregando-a. Hoje você está tão, mas tão encolhido. Não sei como consegue ficar assim imóvel, perfeitamente imóvel, me deixe tranquilo. E os olhos você não fecha por completo e a luz entra por um olho. Me alivia a luz no seu olho, me proporciona uma segurança consistente que eu lhe deixe o olho e a luz e a ligeira abertura, pequena, pequena, entre a sua pestana que mal se mexe, sim, ainda que oscile levemente enquanto a luz a faz manifesta, digo, o fio ralo da sua pestana e um pouquinho de olho. Vamos morrer, você diz ou talvez diga: estamos mortos ou fomos mortos, você diz. Já não sei em que acreditar e o observo como se nunca antes tivesse visto um olho, um pedaço sutilmente entreaberto, absurdo, um olho encolhido na cama que tanto desejo, com fúria desejo a cama, agora mesmo. Mas você a merece mais do que eu, sim, merece pôr seu olho na cama e ficar entregue ao movimento imperceptível da sua pestana neste dia século que só parece estar disposto a repartir uma cota parcial de luz.

    Você se mexe, eu o deixo, me distancio da cama. Fujo do resto de corpo que lhe sobra. Me deixe dormir. Você não consegue dormir, você diz, mas dorme e dorme como se o mundo já tivesse acabado e você não guardasse nenhum compromisso em relação a ele. Entendo, entendo. Existe algo pegajoso ainda que não irritante que sai de mim igual a saliva que, com uma lentidão parcimoniosa, escorre do seu lábio até o lençol. Um fiozinho. O lençol não é. Faz tempo demais que não é. Você não se queixa mais. Nunca. Não preciso ver como seu fio de saliva desce por um trajeto específico que lhe propicia a bochecha, digo lábio e bochecha. O lábio pressagia seu interior molhado, irrigado, mas cauto e digno, sim. E num instante decisivo a bochecha parece uma só linha à qual se une a pestana e o olho entreaberto de saliva que a luz incomoda.

    Ou não incomoda. Entendo quanto precisam um do outro o olho e a luz, a escuridão e a luz. A luz cansa. Você se cansa também de reter a saliva e a deixa cair, rodar, como se não lhe fizesse falta e você quisesse se manter líquido, aquoso, generoso com o lençol impenitente. Você não se queixa mais. Nunca. Nem do lençol nem da cama. Só quer estar entre eles por um espaço de tempo que você não é capaz de determinar. Você se deita vestido. Debaixo da manta adivinha a calça. Sempre a mesma. Não se queixa. Nunca. Nunca do buraco da calça que roça asperamente seu tornozelo até lhe provocar uma erupção sutil, tangencial. Porque, ainda que você se mova de maneira cautelosa e lenta, a calça e seu buraco se localizam justo num setor vulnerável do tornozelo. Tudo parece se repetir. Ambíguo. Sua camisa. Eu peço, você sabe, que limpe a camisa nos punhos e no pescoço, porque dá para perceber, dá para perceber. Com uma das mangas da camisa você toca sua boca a cada vez que tenta se levantar da cama.

Sempre a mesma coisa: tira a mão, levanta e leva a ponta da camisa lentamente à boca, passa duas vezes no canto dos lábios e em seguida seca, com o mesmo punho, sempre o direito, o pedaço de bochecha úmida. E só então você se acomoda em cima do cotovelo. Apoia todo o peso do corpo no cotovelo, retira a manta e abaixa as pernas até estar sentado na borda da cama. Você se agacha, dobra a borda da calça para observar sua perna e apalpa o tornozelo ligeiramente avermelhado. Depois me olha. Deite-se, eu digo. Você assente, mexe a cabeça com mansidão e eu poderia garantir que você sorri. Não, isso eu não posso garantir, mas parece que você sorri. Você estica um dos braços e deixa cair o peso do seu corpo em cima dele. E vai soltando o braço e então volta a se encolher, a se encolher naquela posição que você parece conhecer tão bem, a que tanto o alivia. De lado, com um olho oculto e outro disposto a me olhar enquanto você vira para se cobrir com a manta. Mas antes de deixar seu olhar num ponto morto, você me vê, você olha só para mim para que eu entenda o valor encarnado naquela espécie de sorriso. Sei que acesso só metade do seu sorriso pela posição em que você está deitado na cama.

Você nunca deita de costas.

Nunca. Sim, na verdade você deita de costas. Faz isso só depois de um tempo, só às vezes. Então, por isso, ainda que eu vislumbre a metade da boca, a metade do seu sorriso, eu respondo. Fique deitado, repito. E de imediato vejo como, com uma dificuldade expressa, você se estica e ocupa mais, mais lugar, um espaço inaudito, até que praticamente a cama inteira desaparece debaixo do seu corpo. Você parece, não sei, um cachorro. Dócil, desgastado, austero, miserável. Parece um cachorro. Eu me aproximo. Toco a sua testa, ponho a palma da minha mão na sua testa e você tira a cabeça. Minha mão o incomoda, eu percebo. Não sei por que fiz isso, por que pus a mão na sua testa, me deixe tranquilo.

Por que eu tive que pôr a mão na sua testa?

Justo no momento menos afortunado, quando você tinha se entregado a uma de suas letargias agudas consigo mesmo, no momento em que tinha conseguido esticar as pernas e virar o rosto para o teto do quarto. Você não gosta de olhar para o teto. Tenta escapar dele. Prefere a parede. Eu sei. A parede, acho, marca um limite. Eu também gosto muito, muito mais da parede do que do teto, adoro a parede e suas irregularidades múltiplas. Vê-las uma a uma, descobri-las uma a uma, surpreender-se com ela, passar um dedo pela tinta descascada, descascá-la mais ainda. Não importa. Eu tive que lhe dizer, eu lhe disse de costas enquanto o nó de um dos meus dedos deslizava pela parede. Eu sentia você atrás, pressionando para conseguir mais espaço na cama. Então murmurei: você parece um cachorro.

Me doeu, me agradou, me custou dizê-lo.

No meio de um silêncio decisivo, eu fiquei, permaneci olhando a parede, brincando com o dedo na tinta e com os joelhos dobrados para que você pudesse colocar as suas pernas atrás das minhas e nós nos encaixássemos como duas figuras de madeira articuladas ou como duas dobradiças condenadas a pactuar uma miserável superfície. As palavras se diluíram e se fundiram à cama, se enredaram na manta até desaparecerem camufladas nas bordas. Aquelas bordas já abertamente desfiadas. Mas você não se queixa. Nunca. Nem me diz que se incomoda com o barulho do meu dedo na parede. O barulho da unha cavando a tinta para provar sua frágil resistência.

Retiro veloz a minha mão da sua testa e entendo que não devo olhá-lo, que tenho que estar como se não estivesse porque você precisa de um respiro: que o quarto, a parede, a cama se inundem com a sua respiração, com as emanações do seu corpo, sem mim. Eu compreendo, entendo sua necessidade de se amplificar no quarto, é humano, sim, que você tente fechar ou abrir os olhos, mexer ou não mexer um pé, soltar a mão frequentemente empunhada ou que você se coce sem que seu cotovelo se enterre nas minhas costas e que você pare incomodado, abertamente intimidado pelo roçar dos nossos ossos.

Não me incomode, você murmura de uma maneira quase ininteligível. Sei que incomodo você só de estar ali. Não preciso pôr meu rosto na sua testa para que suas celhas se juntem expressando a impaciência que atravessa seu cenho. Mas sei, com convicção idêntica, o que você sente e como sente quando eu saio e você toma posse do quarto. Conheço o seu alívio. Você respira profundamente apreciando o ritual do seu próprio fôlego estudado. Sei que se senta na borda da cama, estica a coluna vertebral e, com as duas mãos, segura a parte posterior da sua cintura para pôr em ordem os rins, doloridos. Sei que encaixa lentamente os pés nos meus tênis e, ainda sentado na cama, observa quanto sobram os seus pés nos meus tênis e só então, depois de um prolongado olhar atento, se levanta. Sei que você caminha com passos curtos e cansados pelo quarto com o propósito único e imperativo de desentumecer suas pernas. Sei que para, apalpa as pernas e aperta as panturrilhas. Depois, se aproxima da sacola, abre, senta na cama e come o pão. É disso que você gosta mais, do pão, e você engole com uma pressa anárquica que poderia, inclusive, comover. Você tem fome. E sai ao corredor à procura do banheiro, caminha, de certo modo, titubeante, com o calcanhar para fora do tênis. Leva na mão um pedaço de jornal e o percorre de maneira superficial e depois limpa a bunda com o papel. Sente um certo nojo tolerável do cocô, o seu cheiro, o seu. Sempre. O papel o afeta, tudo irrita sua pele. E você volta ao quarto e tenta, tenta, enquanto se desencadeia em você um momento extremo e pernicioso, caminhar por cima das tábuas, mas não apenas você se esgota como também lhe doem os calcanhares e as coxas, mas especialmente o enlouquecem os estalos que provêm da irregularidade severa do piso, eu sei. E então você sobe e se submerge na cama, isolado, esperando que eu volte. Fica ali, me espera estendido na cama. Conta de uma maneira incompreensível o tempo que falta para a minha chegada. Pensa em branco, em branco, em branco até que escuta os meus passos. Você os reconhece, sei que os percebe a uma distância considerável, que você mede como eu avanço e avanço até o quarto muito antes de que eu abra a porta. Sim, minhas pegadas.

    Você já está jogado, digo assim que entro no quarto.

    Já está jogado. Você pestaneja imutável. Não responde. Caminho em direção à parede e toco a sacola pendurada no prego. Com a minha mão no tecido, digo, você comeu o pão, comeu todos os pães. Não olho para você enquanto solto a sacola do prego e ponho dentro dela um a um os pães que acabo de comprar e, depois, sem contemplações, me debruço sobre a cama e limpo as migalhas que ficaram em cima. Levanto a manta com movimentos enérgicos e inevitavelmente o sacudo inteiro. Você não reclama. Em vez disso fecha os olhos para evitar a visão das minhas mãos e dos meus dentes caninos que castanholam de raiva porque você comeu todo o pão que tinha na sacola. Precavido na distância que lhe permite o único ato de fechar os olhos, você pretende afugentar o ódio alojado nos meus caninos pela quantidade de migalhas espalhadas em cima da cama.

    Então saio ao corredor e caminho até a cozinha. Levo a chaleira na mão, abro a torneira e encho de água. Acendo o fogo azul, sim. Paro brevemente para olhar aquele azul contraditório até que me refaço do seu efeito e o cubro com a chaleira. Enquanto espero, deixo que meu peso caia inteiramente numa das minhas pernas, depois deixo cair na outra. A água ferve a tempo. Volto ao quarto e na bandeja de sempre, a única, ponho as duas xícaras com os saquinhos de chá e o resto do açúcar.

    Sente-se.

    Você se senta e eu lhe passo a xícara, acrescentando uma colherada de açúcar. Você mexe o chá com o açúcar. Sentada na borda da cama, deixo no chão a bandeja e seguro a minha xícara. Percebo quanto o incomoda o barulho da minha colher. Fica perturbado quando eu o faço. Você se move até a parede para me deixar mais espaço, mas na verdade o faz para fugir do som do metal. Tento não sorver, mas é inevitável que algum ruído escape. Você também sorve ruidosamente. E?, pergunto, e? Em vez de responder, você me devolve a xícara com um sinal inequívoco de desgosto. E fica sentado com a cabeça apoiada na parede. Observo o contorno que sua cabeça adquire e percorro com diligência o seu rosto. Algumas vezes me acontece: olhar para você como se não o tivesse visto nunca. E me parece surpreendente porque seu rosto perde a monotonia e ressurge diante de mim com uma força imprevista. Um rosto que carece de antecedentes. Eu o olho e sei que você nota meu assombro.

    Me aterroriza que exista em você um rosto que lhe pertence. Me assusta seu nariz, a boca e a fenda imperturbável que sua mandíbula conserva. Me impressiona esse rosto, o seu, contra a parede. Noto que é sua mandíbula, seu nariz e o contorno inalienável da sua cabeça recortada contra a parede. Abre passagem na minha mente uma sensação de chacota ou de engano que me esgota ainda mais. Você sabe como eu chego cansada. Sempre. Tento distanciar a impaciência que me invade porque temo, sim, as minhas próprias reações. A ferocidade com a qual eu poderia tentar destruir a autonomia da sua cabeça.

    Me levanto da borda da cama, vou até a mesa e sento na cadeira, de costas para a cama, para você. Noto quanto me deixam impaciente as manchas na madeira. Hoje, sim, as manchas, as migalhas, seu rosto, o pão, alteram ainda mais meu ânimo instável. Saco da minha bolsa o caderno, o lápis, os óculos. Me debruço em cima da folha, alisando-a com os movimentos precisos dos meus dedos antes de empreender o costume dos números. Somo, anoto, distribuo ordenadamente no papel os gastos. Escuto de trás, da cama, a sua voz, as suas primeiras palavras da tarde, acenda a luz. Obedeço. Levanto e acendo a luz. Não tinha percebido quanto estava escuro o quarto nem o efeito da penumbra na minha mão, no caderno e na minha letra quase desvanecida na folha contaminada. Sim, contaminada por um desvanecimento idêntico nas colunas de números apertados e oscilantes. Examino os números sob a luz da lâmpada. Então, depois de uma última revisão, fecho o caderno.

    Apague a luz e venha deitar. Já é tarde, você sussurra.

É imperativo controlar o tempo e o espaço. O nosso, nosso tempo e nosso espaço. Acompanhar os pormenores de cada movimento. Você praticamente não se mexe. Não mais. Mas ainda assim, ainda tendo decidido se entregar à cama, submeter-se aos lençóis, curvar-se, enterrar a cabeça no colchão de espuma, manter até o paroxismo a mesma calça, aplacar a circulação do sangue, reduzir as batidas do coração, pensar sem nenhum correlato, você se cuida. Cuida seu tempo e seu espaço, me cuida e, ainda mais, me vigia. Mantém o controle da minha permanência no quarto. Espera confiante, embora atravessado por uma angústia leve, sempre, que eu entre na cama e assim você possa medir as pausas da minha respiração ou constatar o momento exato em que caio no sono. Para que me vigiar ou se vigiar ou nos vigiar. Simplesmente permanecemos no nosso espaço da maneira mais rotineira possível evitando nos desencaixarmos. Convivemos e afinamos ainda mais nossa convivência, ainda que sejamos uma célula consolidada e esgotada demais, uma célula morta. Mas, sem risco ou com risco, isso não podemos predizer, persistimos.

Existe um perigo, eu sei.

Antes proliferávamos de dez em dez, sempre idênticos. Dez. O número fazia parte de uma organicidade, de um procedimento celular. Dez. Nem uma a mais, nem uma a menos. Eu as vejo. Vejo cada uma das nossas células, cautelosas, organizadas, completas. Vislumbro a célula mais brilhante e executiva que tivemos, aquela em que se consolidava nossa apreciada autonomia. Pertencíamos e não pertencíamos. Éramos uma célula perambulando entre outras, sabíamos disso, outras células igualmente autônomas e ameaçadas. Conhecíamos o risco celular, poderia dizer que éramos especialistas, sabíamos como funcionavam, como se comportavam. Decaíam, de certo modo seria possível dizer que ficavam doentes. Ficou doente a nossa célula pelo excesso de soberba e de autonomia. Você atuava em seu papel de matriz ou de mãe, como se queira definir.

Nossa organicidade. Os dez corpos batalhávamos diante das dificuldades, sabíamos que estávamos rodeados de outras células, perseguidos, envolvidos em nossas chapas. A minha, a sua. Minha chapa. Não consigo cagar, você me diz. Não consegue? Faz três dias, três já. Três dias? Um laxante, vou lhe comprar um laxante. Não sei, você me diz, um laxante? Exato, você pode ficar doente. Sei que você está à beira de ficar doente pela nossa rotina, e se ficar doente o quê? Teríamos, claro, que ir ao hospital, esperar nas banquetas, apresentar as nossas identidades adulteradas, esperar o chamado, caminhar lentamente até a sala de emergência, cumprimentar ou não cumprimentar o médico, nos entregar aos caprichos dos funcionários, ao seu trato descuidado, responder por você, descrever seus sintomas, entrar na zona de exames, ver no monitor o estado tecnológico dos seus órgãos.

Calar, observar, conceder.

Escutar com distanciamento o diagnóstico, esperar a internação enquanto lhe conseguem uma cama, ansiar a sua morte no hospital. Que você morra. Sim, morra de uma vez. Mas não. Os seus intestinos o ludibriam. Sempre. Obstipado. Você odeia o cocô, o cheiro, a textura, sua miséria. Aguenta e aguenta a ponto de se aproximar do umbral da paralisia e depois de alguns dias, numa hora determinada, você se fecha no banheiro para voltar ao quarto esgotado ou pesaroso ou devastado pelo esforço intestinal, e então dorme. É parte de um rito, três dias de obstipação, três dias de ruídos intestinais para assim reiniciar o ciclo. Trata-se de uma dívida que você tem consigo mesmo. Não importa, você me disse, não é assunto seu, não, claro que não, mas me incomodam, sim, os barulhos, sua cara ligeiramente avermelhada, tóxica, obstipada, porque você se incomoda, não? Até que num espaço consistente e real deixou de me concernir. Eu o vi tal como você era, igual a si mesmo. Eu o observei da cama nos dias em que fazia contas frenéticas, aterrorizada de cometer um erro nos números e, enquanto o olhava, entendi, com a violência e a certeza de uma iluminação, que se tratava simplesmente de uma mania excessivamente realista, humana demais, já descrita em múltiplos livros anatômicos. Eu sabia. Você se irritava com meus estudos prolongados, sentia que minha curiosidade me distanciava do conhecimento fabril ao qual você tinha se entregado. Estava decidido a definir o comportamento industrial e suas variáveis. Queria cercar os sintomas e os males da produção. Mais que uma célula, parecíamos um grupo amorfo de investigação. Eu lhe disse. Me atrevi a expressá-lo porque tinha ouvido, entendi que tinha se desencadeado uma crítica às suas atitudes que foi recebida, assim apontaram, como um desviacionismo da sua parte. Naqueles dias tensos, quando havia sido derrubada a maioria das células, acossadas, invadidas, infiltradas, quando caíam ou morriam uma atrás da outra, quando falhavam e falhavam em seus objetivos, você se dava ao trabalho ou ao luxo de iniciar uma abordagem da já esgotada produção industrial. Você me obrigou a repassar minhas anotações, me encarregou um protocolo longo e estéril que percorresse as variáveis. Eu quis recusar. Até tentei porque me parecia um tema já insaciavelmente explorado. E lhe disse: nós já sabemos, estudamos, analisamos, tiramos conclusões, fizemos cursos especializados, amanhecemos, arrebentamos a terceira célula.

Ah, aquela terceira célula, dez corpos magníficos sincronizados que cobiçavam. Dez desejos. Eu cumpria as minhas funções, cada um de nós. Realizamos uma exploração científica dos modos de produção, advertimos a fuga fabril e sua reconversão numa crise impressionante. Nos esgotamos. Escrevi sem pausa um relatório que não chegava a me convencer porque, você disse, tinha falências em sua estrutura.

Eu tirei sarro.

Aquela reunião se estendeu por mais de oito horas. Expus meus resultados e me restringi ao relatório e ao acúmulo de referências em que me baseava. A célula, a terceira, começou a entrar em colapso. Porque, depois de tudo, quem poderia ter resistido a uma pressão tão monumental como a que você exerceu? Aquele empenho delirante em cercar os modos de produção e o paradoxo de se negar a aceitar os resultados. Você não aceitava porque iam contra o que eram os seus princípios. Depois da minha exposição só restava uma saída, que a célula podia pressagiar. Você se envolveu numa retórica sem sentido que colocava em questão a realidade mais tangível da história. Hoje posso constatar que o isolamento e a forte compartimentação celular nos expuseram a um espaço vazio demais, onde as referências acabaram desaparecendo. Caso se envolvam nesta teoria desatinada vai haver mortos, você disse. Já há mortos, respondi. Foi definitivo. A terceira célula que formávamos entrou num estado de proliferação radical. Tivemos que escapar dessa célula e eles, os oito restantes, diante da dramática queda fabril, se voltaram à execução de práticas verdadeiramente anárquicas que deixaram atrás de si uma vultosa perda humana. Aquela célula foi infectada ou infiltrada e estivemos a ponto de cair. Nós dois. Provocou um desperdício. A esteira de sangue, seus rastros tangíveis e tétricos. Aquela célula, a terceira, enclausurada nos dias mais álgidos e confusos, se transformou num modelo de extermínio e de máxima e incompreensível destruição. (Estão aqui, quase desfeitos no chão e apesar de seu estado catastrófico tentam entrar na cama comigo, a terceira célula ainda não me perdoou). Para que falar?, que sentido tem agora contabilizar as perdas ou reconstruir a derrota, sucessiva, inconfundível, a derrota, você me diz. Mas houve triunfos?, eu lhe pergunto, ao menos uma vitória?, qual célula foi bem-sucedida ou sadia?, em que espaço conseguimos contribuir?

Assim é a história, você sabe, lenta, cruel, aglomerada, você diz ou eu acho que você diz.

Hoje você está disposto ou disponível neste dia especial. Nada nos incomoda e podemos, com uma atitude verdadeiramente aficionada, refazer certos acontecimentos. Mas devemos ser cuidadosos, omitir, censurar, para assim garantir a nossa sobrevivência. Temos que manter clandestinos os nossos próprios atos, ainda diante de nós mesmos. Esse foi o acordo, essa a prática à qual nos entregamos. Não dizer, nunca nomear aqueles fatos que poderiam acabar nos incriminando ou nos delatando ou nos empurrando a um escrutínio que não desejamos. O silêncio, o nosso, faz parte dos segredos em que a história se dirime. Ainda não nos descobrem as sucessivas, velhas células que sobreviveram porque, se o fizessem, delatariam a si mesmas. Existem rumores, dizeres, comentários. Seu nome circula em conversas privadas, nostálgicas ou acusatórias, e o meu, não, meu nome não, nossas chapas.

 Ah, se falássemos, eu digo, se falássemos, você percebe, eu lhe digo, o que aconteceria diante das nossas afirmações, diante dos documentos aos quais podemos apelar, você percebe quanto nós poderíamos obstruir ou destruir, não sei, a lassidão complacente deste tempo. Não faremos isso, no entanto, não faremos. Mas se falássemos, você sabe, poderíamos desordenar. Você sorri. Entendo que a mera possibilidade lhe provoca um átomo de vitalidade. Você tira a mão de baixo da manta. Dói a minha munheca, você diz, e movimenta a mão para relaxar ou descomprimir, não sei, a articulação. Está doendo?, pergunto, é o frio ou a umidade ou a traição dos ossos ou um ciclo estúpido e incontornável da munheca, a munheca, que munheca?, que palavra mais irrisória, não vão me converter, eu disse, numa boneca[2], isso não. De jeito nenhum. Ainda que não pudéssemos e não devêssemos ser pessoais, eu me obriguei a travar uma discussão com você, uma conversa que poderia ser considerada pessoal, de costas para a célula, sentados estrategicamente no quarto que ocupávamos então. Quem você acha que é, ou vocês acham que são, cheguei a dizer, depois de ter percebido a ironia que se desatou enquanto eu desenvolvia a minha intervenção. Uma ironia, não negue, não faça isso, prejudicial e imerecida. Aquela mesma ironia que se envolveu na palavra boneca. Me chamou de boneca, para me desestabilizar e diminuir assim uma contribuição inegável.

 Quem o fez foi seu aliado da vez, o maneta Juan.

 Ocupou o espaço dele com vigor, mas, claro, sem se conter e sem a menor possibilidade de ocultar. Eu estava justo a ponto de ou no instante de, não sei, ser escolhida como chefe celular de um corpo que poderia se converter em lenda. Quando o maneta Juan disse, esta boneca, pode ter

---

[2]. Há aqui um jogo de palavras de difícil tradução. Em espanhol, "munheca" e "boneca" se escrevem e se pronunciam da mesma maneira, "muñeca". (N. do T.)

dito, inclusive, bonequinha, percebi como minhas esperanças naufragavam e não pude senão me resignar. Mas mais tarde, no quarto, sentada na sua frente, consegui dar vazão às minhas impressões. (Agora mesmo o maneta Juan está, com seu olhar irônico, apoiado na nossa cama, a parede está manchada e o maneta tem o rosto afundado, impossível, turvo).

Está doendo a munheca?, quanto?, dói quanto?, dói como?, descreva em pormenores os sintomas, o eixo da dor, o modo como se desloca, sim, a dor, que osso exatamente, qual ligamento da mão, que rotação você é capaz de realizar, pode, por acaso, girar a munheca, quanto estão afetados os dedos. Responda em ordem. Você pestaneja como se piscando pudesse memorizar ou se no seu olho descansasse a possibilidade de reter. Mexe a cabeça e se afunda no travesseiro. Seu braço desapareceu, oculto pela manta. Você não quer mais. Volta a ser o vulto que melhor o acomoda. Tenho, eu sei, que voltar a enfrentar os números dispostos na folha. Pressinto que se tornam hostis, os números, que me perseguem implacáveis para revelar sua soma. Ah, os números e seu alarde infinito, sua estúpida ciência ou sua arte abstrata, caligráfica. Poderia adquirir uma calculadora, mas você se opõe. Você disse não à calculadora, não, porque ia nos ferir com sua técnica, você disse não a qualquer técnica e eu, claro, entendi a extensão que alcançava a sua negativa ou como sua negativa à calculadora se convertia numa palavra que chegava para redimir, a nós dois.

Eu pude talvez me compadecer de você, fiz isso, me compadeci e esqueci. Rejeitei a televisão, renunciamos. Não quisemos ser capturados por sua tendência e seu fluxo.

Quantos?, quantos anos? (mil anos): mais de um século, é claro.

Você pega cansadamente o jornal descontinuado, lemos com distância suas páginas. Sabemos como se constroem os carismas e as famas. Observamos certas fotos e os nomes que estão ali para ratificar. Reconhecemos esses nomes e suas filiações. Alguma vez você mexeu a cabeça comovido pela surpresa e o desconcerto. Olhou a foto no jornal, leu a página e se afundou ainda mais. Mas já não. Não nos surpreendemos e olhamos mais impávidos ainda como esses rostos estão possuídos. Estão impressos nas páginas e ausentes de qualquer célula. Estão ali. Mas eu olho agora a fotografia que guardei entre as folhas do caderno. Estamos posando, seguros, diante da câmera, de costas para o mar que se vislumbra como pano de fundo. Eu seguro o menino entre os meus braços enquanto você acaricia a cabeça dele. Pequeno, belo, uma criatura sutil. Um mar maravilhoso se estende às nossas costas, um mar que está ali para ratificar a potência do oceano. Estamos os três, você, eu e o menino, alheios a qualquer interferência. Foi a única viagem ao mar que fizemos com o menino, assustados, temerosos diante de um ato irrefletido. Ah, se tivéssemos nos afogado em suas águas. (Comentam que afundamos entre as águas, que não deixamos rastro algum). De costas para o mar, o menino, você e eu, os três na foto obsoleta demais.

 Uma foto, a única, que o confirma, o menino.

 Eu me levanto com a foto na mão, quero lhe mostrar a foto, a que tanto conhecemos, a imagem à qual acudimos quando a realidade perde sua consistência ou então nos momentos mais intensos de nostalgia, ou na ira das margens estreitas de lamento que nos autorizamos. Sento-me com a foto na borda mais estreita da cama. Procuro a sua mão embaixo da manta para colocá-la em cima da foto. Seus dedos percorrem o papel.

 Está doendo?, pergunto, está doendo a munheca?

 Sim, você responde com a voz distorcida pelo afogamento que lhe provoca a cabeça escondida pela manta.

 Sim, você repete, ainda está doendo.

Experimento uma sensação inconfundível de bem-estar muito próxima ao esquecimento ou ao desejo de permanecer suspensa em um presente férreo, inamovível. Observo como você, pelo contrário, de imediato, se perde em si. Poderia, na verdade, sim, caminhar sozinho, com esse jeito aleivoso de arrastar os pés, de dissipar o rastro da dor causada pela situação calamitosa das suas pernas, o costume de baixar a cabeça para criar uma curvatura pronunciada nas suas costas. Você está só, entregue a uma forma de ausência impenetrável que transita através da obstinação neutra o seu rosto. Fazemos o mesmo percurso, o de sempre. Ínfimo, preciso. No meio do entardecer, viramos a esquina, e em seguida caminhamos os dois quarteirões até chegar à praça. Atravessamos a praça. O seu olhar não se detém nos corpos já recortados pelas sombras, irreais, nem repara nos detalhes inesperados, como a súbita abertura de um novo armazém, pequeno, tanto que quase não cabe no interior de si mesmo. Você não o vê, ou o observa de maneira tangencial e não quer que eu perceba que o vê, pois qualquer gesto poderia obrigá-lo a compartilhar um assombro irrelevante e você não o faz, não, porque está entregue à autonomia da distância, essa distância que faz parte da lenta caminhada mensal, a sua, a nossa, sempre.

 Atravessamos, deixamos a praça para trás, para entrar em linha reta na última rua que nos cabe, a mesma, esta rua marcada pela instabilidade dos ladrilhos que nos obriga a espreitar as gretas para não tropeçar. Você não quer tropeçar e o seu olhar atento está concentrado nas falhas do cimento e, de imediato, você segura o meu braço, muito perto do cotovelo, o direito, e eu sinto como, de certo modo, você o aperta em excesso, evitando assim que seja eu a que tropique. Você não quer, protege, afugenta, mediante a prisão da sua mão, que eu perca o equilíbrio e me apoie em você de forma caótica. Você não resiste, não gosta que eu o toque de surpresa, ninguém, você disse, e demonstra isso, se protege. Sinto os seus dedos muito perto do meu cotovelo e sinto como se o meu braço se expandisse até já não me pertencer ou então me reduzisse ao único que me determina, um braço. Gostaria de lhe dizer, solte o meu braço ou não suporto que você me toque no braço ou tire a mão do meu braço, mas não digo nada esperando que esta rua catastrófica termine, sem apressar os passos para que você não perceba como e quanto me perturba essa sua decisão de me impedir. A calçada está impossível como se apenas a soma abstrata de um dia a destruísse ainda mais. À maneira do desencadeamento de um minúsculo ataque nuclear, sua arcaica superfície já acabou por colapsar. Noto que você afunda ainda mais os seus dedos no meu braço e me invade uma sensação que me desagrada porque, ao me apertar, você põe em evidência, diante de mim, meu braço, inteiro, sim, um braço em que eu não quero me deter e ao qual, no entanto, caminho acorrentada como se fosse um lastro.

Depois nos aproximamos da nossa rua, e você solta o meu braço. Restam apenas alguns minutos, quantos, três, cinco, talvez. Três ou cinco minutos de ar, o suficiente para que você se exaspere e deseje que a chegada se precipite, eu sei, porque seus passos se fazem agudos, aumentam lentamente o ritmo, e seu rosto adquire uma expressão inquieta até se consolidar a urgência que lhe atravessa as linhas dos olhos.

Ainda que lateralmente, eu o vejo.

Entendo que você quer entrar de uma vez no quarto para terminar assim um ritual que já lhe pesa de um jeito incrível, que não significa nada. Mas não cedo. Plena, não mudo o ritmo dos meus passos, me mantenho impávida, longe das suas ânsias, porque quero que os minutos passem íntegros, cada um deles, sem esquivá-los, sem renúncia possível. Você aceita e se entrega ao último trecho. Diminui os passos, encurtando-os. É um tempo fugaz, você entendeu, tão curto que você cede e me deixa aproveitar. Sinto, é claro, o ar frio na minha cara, nas minhas pernas. Unicamente na minha cara e nas minhas pernas porque meu casaco, o de sempre, o de lã escura, me protege. Me invade o desejo irrefreável de perguntar se você está com frio, está com frio?, pergunto apesar de mim. Sim. Era o que eu supunha, mas é benigno, benigno, nada poderia agora estragar o deslizamento linear dos minutos, nada. Você saiu, claro, desagasalhado, você sempre faz isso, como se quisesse testar a sua própria resistência ou talvez explorar no seu corpo os sinais de uma leve adversidade. Mas agora este tempo final me pertence, é meu e eu sei que acabou porque já estamos entrando na casa, abrindo a porta do quarto e você vai direto ligar o aquecedor. Eu o vejo agachado diante do aquecedor, escuto o barulho áspero e eficaz do fósforo, percebo o cheiro de parafina, inconfundível, que necessariamente me produz uma dor de cabeça vaga porém persistente, mas de maneira inevitável continua ali, se expandindo, o cheiro. Você se ergue até ficar de pé diante do aquecedor, esfrega as mãos para conseguir mais calor, mais. Eu guardo meu casaco no armarinho, pendurando no gancho. Pego os biscoitos e uma barra de chocolate. Ponho o chocolate e os biscoitos em cima da mesa, já sei o que é que me cabe: a cozinha, a chaleira, as xícaras, o açúcar, nossos corpos frente à frente na mesa, pequena, pequena.

 Você pega o chocolate e o divide igualitariamente. Gostamos muito de chocolate, eu mais, mais, seu sabor, sua perambulação lenta e cuidadosa pelas gengivas, pelo côncavo palato, eu nunca mordo, nunca, em vez disso o derreto na boca até que minha saliva esteja impregnada e dilato o momento em que ele desliza garganta adentro. Você, em compensação, vai rápido com o pedaço de chocolate, tem fome e logo pega um dos biscoitos que range no embate dos seus dentes. Eu viro o olhar, não quero interferir nos seus ruídos exagerados e por isso olho para o chão e noto, de imediato, que seria preciso encerar as tábuas, que já chegou a hora, que você tem que encerar porque faz quanto tempo desde a última vez que você passou a palha de aço, a mais grossa que eu encontrei, e você o fez de mau humor, carregando todo o seu peso na palha para extrair das tábuas as aderências desagradáveis que acabaram se convertendo em uma considerável sujeira aglomerada. Então você desabou, parecia sensivelmente diminuído, você se deitou exausto na cama. Pensei que não ia ser capaz de continuar com a cera, mas você continuou. Depois eu me encarreguei do brilho, no dia seguinte, mas aquela noite foi difícil, eu dormi de modo intermitente atravessada pelo cheiro da cera que nos cercava e lhe disse isso de manhã, o cheiro, falei da minha inquietude tóxica. Então você me olhou com uma expressão irônica, burlesca, eu sabia que, com seus lábios oscilando entre a careta e a mordacidade de um sorriso, você expressava que era culpa minha, a cera, o cheiro, o seu desgaste. Você me

dizia, com aquela careta-sorriso, que você era a verdadeira vítima de uma decisão idiota e assim ressaltava sua absoluta indiferença diante do estado decadente das tábuas.
 Eu ergo o olhar do chão.
 Você vai ter que encerar, eu digo, muito em breve, sim. Por um instante, sua boca se congela, você para de morder o biscoito, fecha os olhos, respira invadido pelo estupor e se levanta da mesa. Sai brevemente ao banheiro e volta. Permanece atrás, vagueando pelo quarto, se apoia contra a parede e em seguida se aproxima da cama e se senta, como sempre, com a cabeça entre as mãos. Não olho para você, só presumo. Continuo como se você ainda estivesse ali, finjo que não aconteceu nada, que você vai voltar a se sentar a qualquer momento, mas começa a se incubar certo sentimento incômodo de abandono ou de hostilidade ou de vergonha que me impede de comer o biscoito, esse que eu já tinha tirado do pacote. Deixo o biscoito no prato, levanto e tiro a sacola do prego, sento outra vez em frente à mesa, ponho os óculos e procuro meu caderno. Mas entendo de antemão que não tem nada novo nas folhas porque as contas estão em ordem, mas é que tenho que simular que executo uma tarefa para esquivar assim a sensação de ridículo plena de ira que me invade. Não distingo com clareza os números no caderno, preciso forçar os olhos para verificar os dias de trabalho, as horas exatas, tenho que trocar de óculos, eu o exijo de maneira imperativa e você também. Os seus olhos já não respondem, notei quando você lê, você tira os óculos e aperta as pálpebras a cada certo tempo ou aproxima ou distancia as páginas ou acaba abandonando, decepcionado, a leitura. Experimentei um súbito pudor quando você pediu que eu lesse as orientações do remédio, caiu entre nós o peso de um sentimento, algo semelhante à humildade ou a uma extensa compaixão. É que você não distinguia as letras. De forma torpe, mas absolutamente necessária, eu ri. Você já não vê nada, eu disse, tem que trocar

os óculos. Sim, sim, você sussurrou, sim, só para apaziguar. Você entendia, sim, que nós estávamos afetados, que tínhamos a obrigação de compartilhar.

    Sentada à mesa, agora eu queria anular a besteira da cera, retroceder inteiramente e voltar a pegar o biscoito, mas é tarde porque você não vai perdoar que eu tenha lhe empurrado a um espaço que você odeia, aquele em que, na verdade, você tem aversão a mim. Eu o vejo agora mesmo estendido na cama, logo você vai se enfiar entre os lençóis para empreender a passagem para a noite.

    Levanto, vou até a cama e lhe entrego o pacote de biscoitos. Coma, digo. Você pega o pacote e o papel metálico ressoa. Pode comer tudo, digo. Sento na margem da cama e folheio a revista, a que eu já conheço, só deixo passar o tempo virando páginas que carecem de toda importância. Sei que enquanto come você me observa, que sente alívio, depois de tudo, que eu esteja ali, que eu seja capaz de virar as páginas em silêncio, sinto que você se dilata na cama, que se move com segurança, de certa forma reconfortado simplesmente porque ainda existimos. Depois de um tempo que eu não consigo determinar, percebo que já é hora, que definitivamente teremos que nos entregar juntos à noite.

    Caminho até o armário, dobro a roupa em cima da cadeira e visto a camisola. Nesse momento, desligo o aquecedor, apago a luz e entro na cama. Me arrasto na cama até me situar no canto, do lado da parede e, depois de uns movimentos desajeitados, me acomodo até me encaixar no seu corpo. Sinto que estou mergulhada numa falsa escuridão pois ainda poderia definir cada um dos cantos, como se o quarto estivesse cheio de luz ou como se os objetos nunca cessassem porque ficaram impressos no verso das minhas pálpebras. Luto para afastar as imagens, para deixar fora da minha cabeça a precisão em que está organizado o quarto. Tenho nos olhos fechados o quarto inteiro me ferindo com sua nitidez perturbadora, entendo que é uma alteração visual, um simples jogo de luz e que muito em breve se dissipará.

Me retiro dos meus próprios olhos e permito que passem os instantes necessários para que aniquilem o efeito incômodo.

Lentamente vou me colocando de costas e empurro você, empurro para que você vá parar no limite mais radical do seu lado, chegue para lá, eu digo, e você o faz. Assim posso descansar minha coluna numa posição mais humana. Me incomoda a coluna, doem os ossos em sincronia numa cadeia simétrica que não cessa, idêntica a dor ao traçado perfeito das juntas, uma queixa involuntária me escapa e você tenta se encolher ainda mais. Não sei se você faz isso porque se irrita com a queixa ou por comiseração. Mas você se retrai com a submissão que eu conheço em você e que tanto me perturba, um animal doméstico, assustado, obediente, servil, um cachorro. Você sabe das minhas costas, eu sei quanta dificuldade você tem de cair no sono, como permanece rígido, esperando.

Sempre é difícil a noite, sempre implacável a cama.

Me viro e sou eu agora a que prefere estar de lado, o trabalho magno dos ossos. Então, você se mexe com sutileza me seguindo, como se fôssemos os protagonistas de uma longa dança horizontal, os escolhidos para a realização de um baile extraviado.

Sempre monótonas; a noite e a cama.

Nossas pernas obrigatoriamente exigem ajustar-se numa forma de diálogo imperativo e harmonioso. Sinto o roçar da sua calça áspera nas minhas pernas e com um movimento rápido abaixo minha camisola para evitá-lo. Queria me deixar cair, cair em direção ao sono, agora mesmo. Mas outra vez preciso me mexer. Quanto tempo passou entre um movimento e o seguinte, será uma hora, eu me pergunto, enquanto sinto o calor do seu pé, apegado demais ao meu, ao meu pé nu que, pelo encontro com o seu, começa a se converter num centro ósseo tão ativo quanto minha coluna antes ou até mais, e justo no instante em que começo a girar o pé a partir da planta você me pergunta se eu vi o pequeno armazém, você viu, você me diz, o que acabou de abrir, o armazém novo. Não, respondo com o rosto tão próximo à parede que praticamente chego a senti-la encostada na minha boca, não vi. E sinto que suas palavras circularam pelo espaço sem ter o impedimento odiável da parede, mais livres, mais, não sei, amplas, enquanto percebo como você começa a se colocar de costas, numa posição que não, não, não, que é minha.

 Vire-se.

 Não há sombras nem recortes. Nós gostamos. Nunca deixamos a janela aberta porque precisamos de uma escuridão completa para dormir. É que tenho uma aversão sensível e crescente à luz. Você se vira e fica com a cabeça muito perto da minha, sinto o seu hálito no pescoço se filtrando através do meu cabelo. Seus joelhos e meus joelhos, seus pés e meus pés. Minhas costas e seu peito. Sinto também que estou de saída, que o sono desejado começa a se concretizar, sei que você não quer que eu durma, que preferiria que eu o acompanhasse em sua vigília, mas não depende de mim, nem sequer eu dependo mais de mim mesma porque, de um lugar impreciso ainda que definitivo, nossos corpos começam a se apagar, a se apagar. E na derradeira consciência turva que me resta, percebo como a cama se retira até que finalmente deixa de nos sustentar.

Depois que cubro as costas dele com a manta, levo-o pausadamente até o banheiro. Ele só é capaz de efetuar um deslizamento apertado com os pés quase colados ao chão. Decido não me irritar com a lentidão. Eu o apoio contra a parede. Quando comprovo que é suficiente a claridade que se infiltra pela janela, abro o chuveiro. Retiro a manta de cima dele, dobro e deixo em cima da cadeira. Pego o xampu, o sabonete e a esponja. Consigo tirar a camisa do pijama com facilidade, embora entenda que o grande obstáculo vai ser a calça e sua recusa a alçar os pés. Eu o conheço. Mas sei como fazer com que ele levante as pernas. Abaixo sua cueca plástica, abro os fechos e, mexendo entre suas pernas, tiro a fralda encharcada de urina. Envolvo a fralda e a levo ao lixo, e em seguida jogo o pijama e a cueca no cesto de roupa suja.
    Estamos prontos, digo, vamos entrar na água.
    Não quero, ele diz.
    Lembre-se que hoje temos que tomar banho, respondo. Vamos tomar banho, insisto.

Não, não, não, ele diz.

Está chorando. Como toda quinta, começou a chorar e seu rosto perde os traços na careta massiva que o comprime. Pego um dos lenços de papel e seco suas lágrimas. Ele soluça abertamente, de pé, nu, com os braços caídos ao lado do corpo. Diante do temor de que ele oscile e caia, eu o seguro pelos ombros.

Vamos tomar um banho rápido, rapidinho, digo.

Não, não, ele diz.

Mas vejo como ele cede e permite que eu o ajude com as pernas. Primeiro uma, depois a outra. Confiro a temperatura da água. Faço com que se sente na cadeira do banheiro, colocada ali para sua limpeza. A água está morna, farta. Encharco a esponja com o sabonete e passo a deslizá-la pelo peito dele. Noto quanto ele emagreceu porque suas costelas estão desenhadas nitidamente sob a pele, pressagiando a dimensão exata de seu esqueleto. Ensaboo seu sexo e não posso evitar que meu olhar se detenha em suas pernas, que praticamente estão deixando de ser pernas para abrir acelerada passagem a uma desnutrição perniciosa.

Fico de cócoras para chegar com a esponja até seus pés. A água se dispersa quando bate na touca e no plástico do avental que me cobre. E é nesse instante que ele levanta a perna. Seu joelho me acerta em cheio na cara. Uma joelhada de tal magnitude que eu experimento uma sensação universal e explosiva no osso do meu nariz. Caio. Penosamente me sento no piso do banheiro. No chão, aperto o nariz com as duas mãos no meio de uma dor indescritível. Me encolho. A dor sobe até se apoderar da minha cabeça e me fecha ou me cega enquanto eu balanço o corpo para atenuá-la, para desalojar o ódio que transcorre paralelo ao deslocamento da dor por toda a cabeça, o rosto e a base do pescoço. A uma distância considerável da dor, escuto o barulho da água, como ela cai copiosamente sobre a cadeira enquanto eu me entrego ao horror físico no chão do banheiro. Permaneço sentada, apoiada na parede de azulejos, instantes ou minutos esperando, entregue a milhares ou milhões de dardos pulsantes, rogando para que a dor diminua, apertando o nariz. Circula, se expande, recrudesce em algumas zonas. Fico assim, sentada no piso, reduzida a um fragmento sofredor de ossos até que percebo como a condensação da dor começa a escapar, sim, vai perdendo potência enquanto se eleva diante de mim a realidade caótica da água.

    Meu nariz pulsa. Então, retiro minhas mãos do rosto e me reencontro.

    De forma incerta, me levanto. Temo que a dor reapareça, que se trate de uma falsa trégua. Com a toalha seco suavemente o rosto congestionado, e vou até o espelho. Percebo que se produziu um notório inchaço na curva do meu nariz. Sempre na frente do espelho, acomodo a touca e volto para a água. Já me sinto em condição de lidar com a dor. Me debruço sobre o piso até que consigo recolher o sabonete e a esponja. Me ergo e, evitando enfrentar o olhar dele, o levanto, esfrego suas costas e suas nádegas quase inexistentes. Meu nariz continua pulsando num ritmo regular como se o eco da dor tivesse imposto uma memória através de uma cronologia científica. Volto a sentá-lo na cadeira. Pego o xampu. Inclino sua cabeça e noto quanto avançou a alergia que se manifesta em sucessivas protuberâncias moles que praticamente cobrem todo seu crânio. Psoríase, penso. Está sendo consumido, penso. A mesma psoríase que invade implacável seus genitais e que não lhe dá nenhuma paz, arrastando-o a uma insônia prolongada. Vejo a insônia em seu rosto devastado agora que estamos frente a frente e seco as suas linhas com a toalha. Subo a toalha até a cabeça e esfrego. O movimento alivia sua coceira constante e por isso ele levanta as mãos e segura a toalha. Permito que ele a manipule brevemente, depois retiro suas mãos da cabeça e seco depressa seu corpo. Ajudo a levantar os pés, visto nele a bata, cubro suas costas com a manta e o conduzo até seu quarto, apesar das limitações agudas de seus passos.

Meu nariz continua pulsando de forma espaçada como um simples lembrete. Toda a zona está inchada e temo que em algumas horas meus olhos estejam roxos. Tiro sua bata e a manta. Deito-o de costas na cama, abro suas pernas, pego o creme e passo em seus genitais. A alergia invadiu até a parte de baixo da sua barriga e as bordas dos quadris. Escuto que ele murmura palavras desconexas enquanto tenta se coçar, mas impeço que o faça para que o creme penetre a pele e provoque algum alívio. Tiro a fralda da gaveta da cômoda e a ajusto nele, depois passo à cueca limpa de plástico que eu já tinha deixado em cima da cama. Segurando pelos braços, eu o levanto da cama.

Agora vamos nos vestir, digo.

Ele não colabora e me obriga a virar seus braços para encaixá-los nas mangas da camisa. Em seguida empreendo a tarefa de vestir nele a calça enquanto luto com seus pés e a resistência obstinada que ele me oferece.

Vamos levantar um pouco os pés. Um pouquinho, digo.

Depois de movimentos múltiplos e difíceis, terminei de vesti-lo. Ele está de pé, debilitado demais, inexpressivo. Sento-o na cadeira de rodas e vou novamente ao banheiro buscar um pente. Volto ao quarto e o penteio. Suas mãos tremem de maneira evidente. Suas pernas tremem. No entanto, sua expressão ausente remete a uma forma curiosa de plenitude. Mas ele não me engana, depois de ter cometido um erro injustificável, agora sei que devo me manter alerta porque a qualquer instante ele poderia me atacar e então seu olhar alcançaria aquele matiz de rejeição que eu conheço, emergindo de um lugar ainda íntegro, preparado para a destruição. Agora ele coça a cabeça, de forma torpe, irregular, estragando o penteado. Percebo que não passei o creme ali. Pego o pote, tiro o creme e com os dedos espalho em sua cabeça, afetada pela irregularidade das erupções que se estendem do final de sua testa até a borda posterior do pescoço. Em seguida pego o pente e volto a organizar as mechas de cabelo que despontam tão diminuídas em seu crânio. Me curvo para vestir nele as meias e os sapatos. Ajeito a camisa, acerto a linha da calça. Deixo-o sentado na cadeira enquanto vou ao banheiro. Ali, guardo o pente na gaveta, tiro o avental e a touca. Examino meu rosto no espelho. Estou, sim, com o nariz inchado. Prefiro abandonar o espelho. Ponho o vestido, as meias, o casaco. Guardo a touca e o avental no bolso e volto ao quarto.

Um dos pés dele pende na cadeira de rodas. Eu me agacho para ajeitá-lo em seu pedestal. Com uma manobra certeira, esquivo o soco vago que ele lança sobre a minha cabeça. Eu já tinha pressagiado. Me ergo, o observo.

Está morrendo, penso.

No meio de um sonho completamente interferido pelos sons das balas e dos fogos de artifício extraordinários que estouram em uníssono – bala e artifício – ressoa amplificada, como numa ladainha, a frase inacabada: "Uma revolução continua na produção, uma incessante comoção de todas as condições sociais, uma inquietude e um movimento constantes...". O sonho atravessado por imagens fragmentárias, contraditórias e incoerentes: retalhos de corpos, órgãos insubstituíveis, rostos distantes embora consistentemente queridos, avalanches ósseas em franco estado de guerra. Um sonho que não chega a se transformar em pesadelo e que, no entanto, inquieta. Um menino de pé completamente exposto. Acordo só para tentar entender as imagens. Acordo, desta vez, com uma missão que consiste em desalojar o caos para retomar uma estrutura igualmente ruinosa mas, pelo menos, mais compreensível. Na verdade, acordo para me acomodar na cama e sair do sonho que, já sei, jamais poderia se resolver porque corresponde a uma esfera enigmática que não cessa de persistir. Saí do

sonho para me encontrar dolorosa e abertamente rígida.
Pressinto o dano da minha mão pela posição inadmissível
na cama. Minha mão. Preciso da minha mão, ela me serve
e, no entanto, poderia sofrer uma lesão e deixar de circular.
É a circulação, o sangue obturado pela posição da cama.
O sangue poderia interromper seu fluxo e sua vertigem só
para me invalidar, me deixar inativa com a mão morta, sem
sangue, minha mão acabada, o que tanto tememos, a queda
numa vida improdutiva. Uma mão sem sinais vitais, como
você, como você. Você parece um morto na cama, pesado,
aquoso, cercado pela rigidez. Mas você respira de um modo
concludente. Não está morto, o que estou pensando?, você
está dormindo como se estivesse morto ou está vivo como se
estivesse morto, ou está vivo como se tivesse sido assassinado
numa das ruas vigiadas por olhos técnicos alertas para o
crescimento indiscriminado das células impossíveis de
estabilizar. Assassinado em via pública ou numa das salas de
emergência, inteiramente morto, sanguinolento e visceral, as
pernas quebradas e os intestinos bamboleantes, pendendo
na rua mais interferida e um olho seu voando em direção ao
meio-fio, o olho nervoso no cimento gretado, morto.

    Você está respirando, vivo, deitado na cama, na
noite em que eu acordo, agora mesmo, paralisada na parte
irregular do colchão que me faz mal, mal em toda a maldita e
indispensável coluna e que terminou, o colchão, por atentar
contra a minha mão dobrada, está doendo a mão, não
consigo esticar a mão, digo, me ajude, peço, quê, que mão,
você diz, a direita, a direita, eu me queixo. Você se senta na
cama e tenta esticar a minha mão. Não, não, não me toque,
não se atreva, estique a minha mão ou corte a minha mão
ou não quero minha mão ou basta, basta de tanto mal-estar,
o meu e o seu, nesta cama interminável ou de segunda ou
de espuma plástica, afundada, perversa a espuma, maldita
a cama, seu colchão reciclado pelo massivo lixo industrial.

Não fale, não continue com a questão da indústria e sua queda vertiginosa, o que você pretende?, quer por acaso destruir. Não, respondi, não, se trata de uma ação política, de uma reformulação produtiva, de gerar, eu lhe disse, um cenário atualizado, de voltar a ler, de pensar, se trata, eu disse, de tomar uma decisão, de intervir nos tempos. De matar, você me disse, estalinista, porque você o que procura é uma explosão impossível de executar. Estão morrendo feito moscas. Quando eu disse moscas, soube que tinha ocupado uma expressão estúpida ou estéril, uma má conjunção, um, claro, como não, lugar comum espantoso que acabaria sendo adverso.

Você riu.

Você estava com uma cara, nesse momento, absolutamente notável, os dentes, a boca, o nariz, a testa larga. Uma cara, de verdade, material, inescapável, que ressaltava o artesanato humano. Eu estava divagando sobre a sua cara e por isso, pela força da minha divagação, não me detive na afronta contida no seu riso, não repassei o termo já conhecido, estalinista, permaneci atenta só à engrenagem da sua cara e a um átomo místico que me invadia ao pensar no artesanato humano enquanto observava a vigência total da sua cara no tempo em que você ria e ria porque você já sabia ou entendia ou pressagiava que estávamos perdidos, que a nossa célula, a última, estava prestes a naufragar diante dos imperativos do que tanto temíamos, a história. Nos restava uma célula, a final, quando nosso tempo estava desmoronando e você precisamente escolhia rir, ria nos momentos em que tinha caído por completo a derradeira direção do partido, ria quando a infiltração era imparável, ria como se não fosse um militante e eu, devo reconhecer, reparava na sua cara, não no seu riso, na forma alucinante da sua cara, a precisão escultórica dos seus traços, e me permitia, sim, me permitia algumas reflexões indevidas que beiravam o pior sentimentalismo humano, porque nessa ocasião, possuída por uma sensação absurda, eu cheguei à beira, me situei num abismo incômodo e imperdoável que me empurrou a me interrogar sobre a possibilidade da existência de um Deus.

    Meu desviacionismo se deveu à sua cara, à matéria mais visível da organização humana, o rosto, digo, como senha indestrutível, como singularidade, não a sua, não a sua específica cara, mas a marca artesanal da cara, do rosto sempre irrepetível. Por esses pensamentos que eu agora reconheço como estúpidos, deixei de lado a ladainha, a sua, que me classificava como estalinista, uma definição que chegava nos momentos em que as células cessariam, entre elas a nossa, invadida e infiltrada pelo nanico Maureira, o nanico que colaborava a torto e a direito com os grupos reformistas, o mesmo nanico que depois mostraria seu rosto na fotografia do jornal e ambos fecharíamos os olhos comovidos ou aterrorizados ao ver Maureira sem sua chapa, convertido agora em Javier Montes, sim, legal, orgulhoso de exibir seu nome no jornal, o nanico que trocou de lado, no momento exato, quando ainda era possível, e enfraqueceu nossa célula sem hesitar para conseguir sua permanência numa história que, vemos, vivemos, padecemos, não chegaria a lugar nenhum ou se ancoraria justamente no estágio produtivo que algum de nós tinha previsto.

    E você, claro, enganado, se enganou, não?, eu digo, enquanto tento mexer levemente a mão para desentumecê-la, você me chamava de estalinista tornando-se parte de um erro que agora nos mantém jogados neste colchão ínfimo, entre uma espuma tóxica, tão tóxica quanto a parafina ou a história, tão tóxica quanto a morte iminente do menino na cama, temos que tirá-lo daqui, levá-lo ao hospital, fique quieta, você me diz, não continue, não continue, enquanto eu, sentada na cama, balanço como se fosse um ônibus, sim, um menino carente, naqueles dias inexpressáveis em que os hospitais não davam remédios para deter a infecção, o menino cada vez mais febril, com os brônquios oprimidos e confusos, ofegando, buscando um oco em seu corpo para respirar e se aliviar. Eu sentia, ouvia aquele barulho intolerável, gutural, inconfundível, e você, eu sei, entendia o mesmo que eu, que tínhamos que levá-lo para o hospital, nos camuflando para conseguir alguma atenção. Sair na noite, sair à rua com o menino nos braços, conseguir algum transporte, nos arriscar e chegar com o menino nos braços ao hospital, conseguir uma atenção que pudesse desfazer os barulhos letais que dia a dia, ao longo daquela semana atroz, se aprofundavam e não respondiam aos meus cuidados. Eu o cobria, embalava, beijava, olhava, dava um a um os remédios, media com rigor científico o grau de sua febre, odiava você, queria que você morresse, não o menino, o menino não, você tem que morrer e então eu vou poder partir com o menino, desaparecermos os dois, o menino e eu, e íamos deixar você no quarto, morto como um cachorro, mas nós, o menino e eu, sobreviveríamos, sairíamos do inferno da sua cara e o inferno de que você pensasse sem trégua que o menino era produto do horror, da loucura, que o menino era uma falha, falha minha, minha teimosia, uma compreensão malévola da história que deixava cair por terra o dever da nossa militância.

    Por que você não morreu?

    Fique quieta, você me diz.

    Ah, se você tivesse morrido, não, o menino não, e minha fraqueza impressionante, irresponsável, a quantos quarteirões ficava o hospital, em que perímetro, como eram suas dependências, que funcionário estaria fazendo seu turno naquela noite, qual era a atualidade de sua tecnologia, quantas camas seriam utilizadas diante da urgência, qual a qualidade precisa e o alcance objetivo dos respiradores, o que acontecia com o oxigênio, morreram meninos naquela noite?, a urgência, os turnos, os balões de oxigênio. Uma cama de hospital, metálica, pequena, pequena, imensa na sala, áridas as camas, obturadas as respirações, moribundos os meninos naquela noite, mas não o meu, nunca na cama do hospital, distante do oxigênio, do soro intravenoso, dos antibióticos indispensáveis e malcheirosos, dos aventais e de todo o processo impressionante de esterilização. A parafina, foi a parafina, você não acha?, pergunto. Fique quieta. Mas o que fazer com o frio absoluto, pus água e ervas na superfície do aquecedor, esperei o vapor que aliviasse o cheiro espantoso e alarmante de parafina, aquele cheiro que o afetava, ia destroçando primeiro os brônquios, não tussa, não tussa, me deixe dormir, até quando você fuma no quarto, eu digo, sempre, meio enlouquecida pela interrupção do sono, você tosse como se fosse um tuberculoso de outro século, sim, uma parafina que ia progressivamente aniquilando os dois pulmões dele, ambos, a acumulação total da mucosidade nos pulmões até levar ao fim as batidas imprescindíveis de seu pequeno, amado, coração.

 Desliguei o aquecedor, arrisquei o frio porque a febre já tinha se apoderado do corpo dele, dentro e fora a febre ardia, juro que está ardendo, e pedi a você, então, os panos molhados, molhe a toalha e traga aqui, rápido, corra, eu disse, molhe inteira e torça no banheiro. Nós o envolvemos com a toalha molhada, tremiam as nossas mãos, tínhamos tocado o momento mais crucial do terror, o espanto daquela toalha molhada, seu risco, pôr em cima de um menino pequeno, pequeno, de dois anos, febril, uma toalha molhada, fazer aquilo nas horas mais cruciais de sua morte inevitável, despir o menino, envolvê-lo numa toalha usada, molhada, talvez atravessada pela contaminação, sobre um menino que se incendiava de febre, que tossia pelo cheiro de parafina, que se retorcia no alvorecer do que seria a morte, a nossa,

nossa morte irreversível. Minha mão me enlouquece, retorcida e tomada pela câimbra, dormente, morta. Minha mão. Não sinto a mão, você me diz. Agora é você e sua mão. Passe aqui, respondo, passe sua mão. Não consigo, não consigo mexer. Você está com câimbra, eu digo, é culpa do açúcar, é o açúcar, sabe, eu li, eu sei, tenho certeza, chega de açúcar, digo, acabou, chega de açúcar, insisto. Minha mão, eu não sinto. Você está assustado na noite e por isso me acorda para que eu confirme a presença da sua mão. Que você ainda tem, que ainda não perdeu a mão. Você não sente a mão, eu digo, porque dormiu na posição errada, não se assuste, não se assuste, já vai passar, digo enquanto fricciono a sua mão, começo a devolvê-la e você relaxa e suspira e sente que talvez devesse ter feito isso você mesmo, ter conseguido reanimar a sua mão. Não quero pegar sua mão à noite, nunca. Não posso sentir os seus dedos e muito menos unir nossas palmas e você também não suporta, eu sei, não aguenta e por isso, quando consegue mexer vagamente os seus dedos, você tira a mão e me dá as costas de um jeito ignominioso e francamente depreciativo, e eu viro, claro, para a parede, a parede que está ali inamovível, rígida, confiável. Aquelas mãos, penso, o absurdo de mãos unidas enquanto parcialmente triunfantes, nós nos dávamos as mãos ao ouvir A Internacional, sua música, sua letra eloquente ou convincente, uma fila mítica de corpos exultantes e jovens, tão jovens e já vinculados à Internacional enquanto selávamos um imperioso compromisso com a história e você cantava e eu lutava para decorar a letra da canção, não queria me enganar, era perigoso, sim, trocar uma palavra ou uma sílaba no interior daquela letra magna e rutilante e converter a canção, nada menos que A Internacional, num lastro, num completo desastre.

Ali estavam os líderes históricos, eu podia vê-los alinhados por todo o cenário não sugestivo demais. Me incomodou a feitura do cenário. Eu disse a eles depois, mencionei que era necessário gerar uma cenografia que estivesse de acordo com o prestígio da Internacional. Apontei isso de uma maneira que poderia ser considerada irresponsável. Foi simplesmente uma opinião ou um comentário tangencial. Mas você e parte do grupo dos que depois formaria a segunda célula responderam de um jeito enfático demais. Aristocratizante, me chamaram, ou burguesa, não sei, não tenho certeza, não consigo definir agora a palavra. Mas havia uma plataforma árida, os corpos dirigentes, a melodia, as mãos, o canto. A diretoria do partido formando uma fila deprimente em cima daquele cenário impossível, aglutinados, indiferenciados, parecendo simples militantes, nunca dirigentes, isso não, você em compensação brilhava no canto assim como brilhavam o gordo López e Ximena e talvez até eu brilhasse (o gordo López, do canto do quarto, agora nega com a cabeça toda essa cena, pálido, furioso, mas já não me importa, tão pálido está o gordo enquanto Ximena fala comigo, insiste no meu assassinato, deitada do meu lado, me sussurra isso ao ouvido, em segredo). Não, eu não brilhava, acho que não, não era assim por minha concentração e pelo pânico do erro, no meio de luzes mesquinhas que tinham convertido os dirigentes em seres humanos simples e comuns, em homens que você podia encontrar virando a esquina, aquelas esquinas que depois se converteriam em armadilhas mortais ou fatais, para ratos, não, não, para cachorros, para cachorros.

    Quero dormir, é tarde.

    Apoio minha mão adormecida na parede e não sinto nada. Já não sinto absolutamente nada.

Você já tinha passado por duas, três, quatro escolas de quadros, até se converter num quadro, um dos melhores. Essa notícia circulava e, apesar da clandestinidade, se sabia ou nós sabíamos que seu rendimento acarretava expectativas consideráveis. Abriam-se as condições para que você se relacionasse de forma direta com os dirigentes, só você abandonava a célula para travar certas reuniões privadas ou privilegiadas com membros da direção do partido. Diante deles, você dissimulava um aspecto que, como um rumor ou uma tentativa não tão sutil de difamação, se fazia sentir de célula em célula: a acusação de atuar impulsionado pelo voluntarismo. A direção do partido, uma das que mais adiante seriam exterminadas (eles perambulam mal-humorados, tensos, nos observam com irritação), tentava pôr à prova sua filiação absoluta às linhas deles, seus acordos, seus pactos. Você assentia, concedia, se mostrava quase excessivamente submisso, tanto que chegava a alamar. Mas dentro, no quarto, naquele que habitávamos por aqueles dias, você estava desenvolvendo, eu sei, sei bem, um estudo severo que apontava para uma reformulação das matrizes. Nós tínhamos nos transformado em profissionais da clandestinidade, sabíamos como nos mover, em que estradas nos disfarçar, como vagar pelos espaços, fugir, fugir da cidade e atenuar o impacto dos nossos corpos nas ruas. Eu o secundava, o apoiava, você me inspirava desconfiança.

    Mas eu protegia você.

    Eu tinha me transformado numa não, não, nunca oficializada subalterna sua. Complementava suas análises, porque afinal eu tinha meu próprio arsenal, minha passagem indiscutível e memorável por cada uma das escolas de quadros, meu prestígio como analista, toda uma experiência prolongada e aguda no ramo da linguística e minha preparação científica no estudo de história. Eu lhe disse, eu lhe disse, não foi? Ah, você me responde e não sei porque me deixa satisfeita essa sua exclamação. Estou sentada na mesa, divagando, antes de me entregar a saldar o estado dos números, nossas contas, as colunas impecáveis dos gastos, todos, cada um deles. Você me dá as costas para demonstrar assim sua indiferença ou sua indolência diante da minha tarefa cotidiana. Os gastos. Lembro que saí à rua num ato completamente desatinado, rompendo qualquer lógica de segurança. Saí à rua, caminhei por calçadas expondo minha figura já abertamente deformada. E de repente experimentei o impacto diante daquele vestido que, ainda que eu tenha me negado a reconhecer, ocupou inteiramente meu desejo e se apoderou da minha mente em ondas desejantes e secretas. O vestido que detêve meus passos na rua e me confrontou à vitrine e, subitamente, eu quis, eu quis o vestido, amei o vestido, me apaixonei de imediato. Seu tecido, seu corte, seu desenho e a urgente, enlouquecida necessidade de comprar o vestido, de me vestir, exibi-lo em mim, comer o vestido, devorá-lo inteiramente, gastar no tecido, no desenho, no corte, me entregar sem pudor, alheia a qualquer átomo de culpa, a um prazer bacante e absoluto com a exterioridade, a superfície mais daninha a que eu podia entregar meu corpo. Renunciar à renúncia que fizemos nos primeiros anos em que nos refugiamos de uma vez e para sempre atrás de um desprezo consistente.

Lutei para tirar as calças desorbitadas, a blusa amorfa, o colete, queimá-los, aniquilá-los na potência devastadora de uma fogueira e acudir cega ou virginalmente em direção ao vestido para renascer ou ressurgir ou evitar um destino marcado pelo excesso total de corpo, pela ausência de contornos, um corpo que tinha experimentado a história nua ou real, uma história que em toda extensão de seu tempo incomensurável teve que se dedicar sempre a aniquilar. Assumimos isso, tomamos a direção inamovível de uma escassez realmente militante, austera, os dois, sua austeridade, minha austeridade.

A não ser naquele dia.

O que aconteceu naquele dia? O que aconteceu comigo ou conosco para que desencadeasse em mim a alienação de uma vitrine cosmética e reprovável? O que aconteceu em mim para que eu parasse e me entregasse a um desejo infame que rompeu a qualidade mais pétrea dos meus ossos? A imagem do vestido os debilitou, de certo modo, os desprezou: meus ossos aos meus ossos. Meu olhar ávido, um desejo que explodiu imprevisível, que rompeu limites, cada uma das estratégias que tive ou tivemos que construir e que possibilitou que os ossos rodassem feito cacos rumo à mais incrível alienação. Sim, eu mesma, especializada em linguística e absolutamente consciente da rejeição como procedimento imperativo e liberador, me vi diante de uma vitrine que me convocava em direção a um vestido tortuoso, desenhado para seduzir

e fugir dos avatares de uma história, um vestido que ia
me liberar da infâmia, que ia me distrair de um poder que
finalmente tinha me perfurado até a medula dos ossos.
Sim, um poder que tinha ofendido a única consistência
do corpo, que, sabíamos, era primordialmente ósseo.

    É assim o corpo, porque porta alguns ossos, duros, duros, que estão ali para sustentá-lo nas crises, uma após a outra, as células iam caindo, sim, uma a uma até que eu caí, a primeira, e você caiu, mais adiante, claro, e ambos nos vimos confrontados à mais selvagem e intensa das experiências com que se pode pôr à prova a resistência militante.

    Mas o que aconteceu naquele dia?, no dia em que meus ossos fraquejaram diante de algo tão irrisório ou miserável como um tecido e um desenho que afinal espreitava em cada uma das vitrines diante das quais não, não, nunca parávamos porque conhecíamos sua estrutura e o poder do qual emanavam, a transparência do vidro, e que num minuto incompreensível abriram em mim o horizonte de um desejo que tínhamos proibido porque entendíamos ou eu entendia, com o convencimento próprio de uma analista qualificada, que por trás de cada uma das vitrines jazia o fantasma expansivo de uma dominação que calava até a fortaleza dos ossos, que fazia dos ossos pó para permitir o triunfo de uma carne ávida, insaciável nas vitrines, contingente a carne, cativa e alienada e disponível para dar as costas à história e ao materialismo extraordinário e majestoso dos ossos. O que aconteceu?, me pergunto, lhe pergunto, naquele instante, exatamente naquele dia, como eu pude esquecer a frase, a lenda, o lema, a iluminação de um conceito que eu conhecia ou que os meus ossos recitavam sem duvidar, sem pausa, sem o menor titubeio: "Mediante a exploração do mercado mundial, a burguesia deu um caráter cosmopolita à produção e ao consumo de todos os países".

    Como ousei abandonar os ossos naquela vitrine?

O que aconteceu? O que aconteceu?, pergunto.
Quando? Quando?, você responde.
O vestido, ora, o vestido.
Que vestido?, você pergunta.

 Diz isso de costas, virado para a parede, minha parede, aquela que me pertence pela posição que eu ocupo na cama, uma parede defeituosa mas que marca um limite, um muro que freia a fragilidade da carne, uma parede que convoca os meus ossos provocando em mim a dor histórica na coluna, uma dor em que eu me refugio e que me faz admirar a constituição ferina e implacável dos ossos, os seus. Doem, doem, você diz ou deixa de dizer, e me alegra que você ainda sinta dor nos ossos, que você os sinta e eles se façam presentes a cada dia ou a cada noite, a cada hora, em todos os minutos, porque você praticamente não levanta da cama, da minha cama, e entende, tem que entender, que você só está vivo pelo poder dos seus ossos que alardeiam a dor, essa engrenagem tão consistente que temos e somos ossos, esqueleto puro, você não acha? Não comece com a história do vestido, não faça isso, não continue, faça as suas contas, se entregue às contas, deixe para lá o vestido e a vitrine, você diz para mim, refugiado na minha parede.
 Faz isso porque sente pena ou temor.
 Mas essa sensação é mais leve, menor do que me lembrar da minha captura alguns meses antes da sua. Você caiu depois que eu, brevemente, saiu rápido e teme, sim, teme que, sentada diante das contas, de frente para as colunas de números, eu lembre, comece a lembrar o efeito da minha queda. Mas isso não devemos permitir, não podemos, o estado que cercou minha saída e como e quanto nos perseguiria a minha captura. Não a sua, a minha. Uma queda que marcou meu corpo e absolveu meus ossos. A minha, não a sua, não, nunca, porque a sua era a queda previsível do militante assediado, cercado por

infiltrações consideráveis, mais um, mas eu não, eu não. Fui aprisionada como uma militante, como a militante que tinha integrado várias células, uma linguista com formação máxima, uma militante considerada a mais experiente em análises e estratégias, um quadro e, no entanto, chega, por favor, chega, você pede. Está de costas na cama, estendido ou extenso, confortável, mas não menos dolorido porque você atravessou uma noite que poderia ser considerada insuportável.

Você falou durante a noite, murmurou na noite, roncou. Levantou para ir ao banheiro, calçou os tênis, tomou três xícaras de chá, fumou meio maço de cigarros na noite, teve pelo menos um pesadelo, tentou ler o jornal, escapou para o banheiro para folhear o jornal tranquilo, não conseguiu, foi traído pelo tamanho das letras, você não via, não conseguia ler.

Foi vencido pela letra.

Voltou ao quarto. Segurou por engano o meu braço pensando que era o seu. Me solte, não me toque, me deixe dormir, você pestanejou e depois apertou as pálpebras com os dedos, bocejou, engoliu o pedaço de pão que tinha guardado embaixo do travesseiro e, quando pensava que essa era uma noite verdadeiramente infernal, dormiu, fez isso sem abandonar os pulos ou o espaço alternado dos murmúrios e de certas queixas vagas. (As células, ocultas, taparam os ouvidos). Você dormiu por um espaço restrito de tempo. Mexeu-se na cama, me acordou ou acordamos vagamente, vencidos por um sono comum, um cansaço compartilhado e, junto à necessidade daquele vestido particular, o desejo mais primitivo de que guardo memória, pensei que, com aquele vestido, precisamente por seu desenho, eu precisava pintar meus lábios, e se tornou imprescindível um vermelho furioso, vivo, brilhante, provocativo. Um vermelho estelar junto com os sapatos mais altos que eu poderia encontrar. Uma busca frenética pelas vitrines, de sapatos pretos de salto alto, um calçado impróprio, sapatos que beiravam o escândalo, com meus lábios vermelhos demais e o vestido. Até que toda a magnitude da crise se apresentou diante do espelho que não cessou de refletir uma imagem alucinante, feroz, a barriga, a barriga, uma imagem de mim que nos aterrorizou, você lembra?, você lembra?, e você não sabia o que dizer ou o que fazer ou para onde escapar, enquanto Ximena tentava disfarçar e eu mesma não tinha certeza, não tinha certeza de nada diante daquele espelho avermelhado e letal que mostrava uma imagem de pesadelo. Não, eu tinha escolhido, já tinha perambulado com pesar pelas vitrines, procurei o vermelho, o mais intenso, e procurei os sapatos, mas o vestido me assaltou, foi a única coisa espontânea, o vestido, meu, meu pesar pelo vermelho e a vergonha de uns sapatos que não, não combinavam. Nos olhamos no espelho ou através do espelho, não sei. Os três. Ximena, você e eu. Agora observo o caderno, a rigidez das colunas, a ordem dos números, meço quanto valemos, quanto.

 Gastamos pouco, valemos pouco, eu digo.

 Sim, sim, você responde.

 Diz isso com alívio. Você prefere, eu sei, entrar no assunto sempre desconfortável do dinheiro, antes de recapitular o episódio do vestido, suas causas, seus efeitos. Você prefere qualquer coisa, o silêncio ou um acúmulo de palavras, escolhe ir ao banheiro ou à cozinha ou até poderia, não sei, não tenho certeza, sair para a rua, cruzar a calçada, caminhar com seus passos mais comuns pela rua que se torna mais irreconhecível a cada dia, pequenos empórios, serviços tecnológicos, mercearias. Você preferiria o mais abominável, a rua, aquela que o faz lembrar como a história continua, segue seu curso filtrada nas lajotas maltratadas, nos novos lugares que se sustentam na mais frágil das esperanças, os lugares, os empórios, os serviços, as mercearias, tudo rapidamente descontinuado. Você não quer ou não consegue ver e eu, que o entendo, entendo, tanto que

tive que suspender os passeios desnecessários, o dia do mês
que tínhamos combinado para dar uma volta pelo quarteirão
e, num gesto que não pôde ser senão de comiseração,
lhe disse isso, e notei seu alívio. Não vamos sair, não, e vi
como você sorria, para mim, com uma confiança antiga.
      Sim, você me disse, sim, para que sair?
      Está bem, respondi, não precisa, mas você vai
caminhar pelo quarto uns vinte minutos, tem que caminhar,
sim, sim. Mas você não o faz. Só vai da cama ao banheiro
ou à cozinha, não cumpre os tratos, não cumpre. Você
caminhou hoje?, pergunto assim que entro no quarto,
caminhou? Não, não caminhou, você não o faz, dorme fora
de hora, e depois quem paga as consequências?, mas você
não me escuta porque está olhando a sacola. Me dê um
pão, você pede, e eu gostaria de negar o pão porque afinal
você não cumpre. Promete e não cumpre, não merece nem
um pedaço de pão. Mas eu lhe passo e você come tentando
impedir que eu veja seus dentes ralos em cima da massa
nem as migalhas que você recolhe e joga na boca e eu sei
que você tem dentes soltos, dois a menos. Também os meus
dentes estão soltos, estão soltando todos os seus dentes, não
é verdade? Doem em você, sim, doem em mim os molares, as
gengivas, os dentes, quebraram três molares e dois dentes da
frente meus, mas nunca um dentista, não. Você se resignou.
Já se entregou ao vai e vem que a biologia nos propõe,
embora talvez esperemos demais ainda dos nossos ossos.
Confiamos que nos acompanhem todo o tempo que for
necessário, pois o que mais temos? Nada, eu digo, não temos
nada e gastamos pouco, este mês menos do que nunca.
      Menos?, você pergunta.
      Sim, eu respondo, entramos numa etapa de baixo
custo, por isso lhe comprei cigarros, aqueles de que você
gostava, aqueles que você costumava fumar, lembra? Os que

eu costumava fumar?, você pergunta com uma marcada vivacidade, sim.

Ah, sim, você diz, os mesmos de antes.

Você titubeia, se confunde, se encolhe na cama, se desfaz. Mas como serão?, você pergunta, como serão esses cigarros antigos?, não, não, não posso, você diz, e atira o maço no lixo.

Abatida pelo meu fracasso, eu lhe passo mais um pão, um daqueles pães que eu sei quanto são necessários para você e como nos mantêm.

Eu já tinha caído, apreendida como um animal selvagem ou um animal de circo, em plena via pública, cercada e capturada. Depois você cairia. Uma soma implacável, a célula completa: os dez. Sobrevivemos sete. Três mortos. (Os três mortos estão aqui, firmes, decorativos, rutilando na escuridão). Antes da minha saída, você caiu. Quatro meses nem vivo nem morto. Finalmente pudemos nos reencontrar. Fizemos isso enredados numa aguda perplexidade. Meu estado obrigou você a suspender a sua dor, sua ofensa, a somatória de humilhações. O terror.
    Não, você disse, não.
    Me olhou e, sentado na cadeira, no quarto que eu tinha conseguido, este quarto, o mesmo, tomou sua própria cabeça entre as mãos para se esconder ou escapar da gravidade da minha aparência. Você parecia arrasado por um cataclismo. Sim, eu expressava toda a minha natureza inclemente de costas para qualquer razão. Mas o que podia fazer. O que posso fazer?, perguntei. Eu não tinha, você

entende, nem uma única alternativa. Estava, sim, furiosa, dolorida, furiosa. Derrubada e furiosa, estupefata e furiosa, aterrorizada. Todos, cada um dos sentimentos me pertencia, eram meus e você chegava demolido depois de um tempo que não podia ser contabilizado pela cronologia a pousar seu sofrimento em cima do meu, seu rancor em cima do meu impressionante rancor, um assombro que pretendia diminuir o meu. Você chegava meio vivo e meio morto, voltava provido de uma distância impenetrável diante da minha desgraça.

"As coisas são como são".

Foi o que eu disse diante da sua tentativa de apropriação. Sei que consegui, de um lugar insuspeito, um resto de força e de ira. Sei também que estava a ponto de gritar ou de chorar mas ainda assim, mais além dos meus sentimentos legítimos, tenho certeza de que, se você tivesse avançado um mínimo nas suas acusações, eu o teria matado. Tudo acontecia como num sonho ruim. Mas agora tenho que dormir ou tenho que morrer ou tenho que escapar. Mas onde?, onde?, uma vez que o século nos desalojou. Cem anos já e, apesar de saber que tudo foi consumado num passado remoto, em outro século e, ainda mais, em outro milênio, mil anos na verdade, ali está o século recente inteiro ou os mil anos decrépitos, insidiosos, que riem com um gesto horrível ostentando sua esteira de desgraças.

Eu sei, eu entendo, como não. Eu sei e entendo. Os processos históricos se acentuam ou se dissipam, ocorrem numa tensão que só pode ser fugazmente minimizada. Eu sou ou fui um quadro. Me formei serenamente, mas com uma completa decisão, fiz isso com uma atitude marcada pela tenacidade e organizada na lucidez e numa compreensão nunca ingênua da história. Ali estavam disponíveis para nós ou para mim as principais figuras já antigas, aquelas figuras frias, mas não, não obsoletas e muito menos equivocadas.

Isso não.

Devorei o halo das figuras que agora não, não, não, não se podem nomear. Geladas e lúcidas e ainda supremas em seus erros, mas quais erros? É por acaso um erro afirmar que: "As relações burguesas são estreitas demais para conter as riquezas criadas em seu seio. Como a burguesia vence esta crise? Por um lado, com a destruição obrigatória de uma massa de forças produtivas; por outro, com a conquista de novos mercados e a exploração mais intensa dos antigos. De que modo o faz, então? Preparando crises mais extensas e mais violentas e diminuindo os meios de preveni-las". Uma lucidez ensimesmada, uma posta em cena irrefutável, um traçado que contém mil anos, cem de história. Sim, não? Mas nunca, nunca pensei no funcionamento autônomo do corpo, sua surpresa cíclica e sua catástrofe. Nunca em seu rosto assombrado e tomado pelo asco, o seu, nas horas de um reencontro trágico, minha trágica ainda que fugaz sobrevivência. Três mortos: o louco Jiménez, Pedro Cevallos e Luis ou Lucho, como o chamávamos. (Os três mortos passeiam sua terrível contaminação pelo quarto. Adotam uma atitude cínica ou irônica).

Lucho, baixo, composto, solene.

Lucho que viajava de Rancagua para chegar na hora exata, nunca atrasado, jamais. Na hora precisa para a reunião da célula, um militante clandestino, querido e sério, composto e solene, que jamais, em nenhuma oportunidade, soltou uma gargalhada. Lucho que perdia a paciência, mas escondia sua impaciência diante de algum comentário alheio à reunião. Nada, nada externo. Porque ele era assim. Não aceitava rumores e muito menos uma alusão ao que poderia ser considerado pessoal. Odiava isso, isso ele odiava, se recusava às perguntas, jamais emitia uma opinião alheia às questões da célula. Lucho não ria nem perguntava, e fugia de qualquer personalização. Era assim. Era assim. Mais para baixo e moreno e sério, tanto que causava uma vaga rejeição ou emanava um respeito cruzado pelo incômodo porque nos fazia lembrar sem trégua que éramos uma célula, apenas isso, que entre nós não havia nada de pessoal ou, pior ainda, de íntimo, que não tínhamos direito a rir ou a nos beijarmos ou a nos detestarmos para além do limite celular. Lucho, o nome chapa, que vinha de Rancagua, severo e triste, formal e triste, pontual e triste com seu rosto mais legítimo, um rosto que não era clandestino. Lucho não ria e voltava de ônibus a Rancagua, exatamente no instante em que a reunião terminava e não tomava sequer um gole de café, só um copo d'água.

Água para Lucho, água da torneira.

O mesmo Lucho que não quis, não pôde, não aceitou sua captura nem os golpes e cada um dos danos programados e científicos e, tomando uma decisão histórica, distanciada de qualquer personalismo, Lucho, com sua simplicidade mineira e rancaguina, a dele, recoberto pela calma que cultivava, se enforcou como um militante. Planejou isso sério e triste, utilizando rigorosamente os trapos com que contava.

O louco Jiménez e Pedro Cevallos, em compensação, foram derrubados da mesma maneira em que iam morrendo os numerosos integrantes das células, daquelas células que caíam e morriam e, entre tantas chapas, Jiménez e Cevallos, os dois, não conseguiram, não, não, sobreviver. Um azar, você disse, algo casual e compreensível, parte do processo, pode ser eu, qualquer um, esqueça, você disse, você me cansa, eu me canso, chega. Caímos e morremos depois que a célula já tinha experimentado a crise e se produziu a ruptura, quando tudo tinha terminado. Mas caímos tal como teria feito uma célula ativa, nossos organismos somados ao redor de um único objetivo: a célula, a célula.

Passaram-se mil anos.

Já todos formamos a anônima superfície dos quadros mortos de outro século, entregues aos mil anos que transcorrem nos jornais que lemos ou deixamos de ler, nos ônibus que me levam e me trazem, nas lojas, os estabelecimentos, os escritórios sempre fugazes ou sutis que você detesta mais, mais, muito mais do que eu. Não me diga, não quero saber, não me interessa, você trouxe meus cigarros?, trouxe?, não? Sim, estão aqui. Eu lhe entrego o maço de cigarros, guardo na sacola o outro, o que você inevitavelmente vai fumar, dois maços que eu incorporo à coluna de números que analisarei esta tarde. Vou pôr os óculos, os últimos que comprei na vida pública, oferecidos de viés no chão da calçada. Me agachei, pus os óculos, olhei os cartazes para ter certeza de que minhas contas estão bem e que sustentam nossa célula, uma célula de outro século e outro milênio, decidida agora a conseguir o chá, o arroz, uma quantidade razoável de óleo, um saco de açúcar. Uma célula suspensa que se mantém em estado larval, aparentemente desativada, uma aparência enganosa, porque sabemos o que sabemos: que temos, sim, certas habilidades importantes, embora os ossos, os nossos, milenares, sejam pressionados por calcificações desagradáveis ou embora o olhar que pertence ao nervo óptico não consiga a composição correta das imagens, ainda somos uma célula, sabemos disso, desativados e larvais ou quase cegos, imperfeitos, mas sólidos, não? Lucho era, você me diz, em última instância, em seu sentido mais concreto, um reacionário, um socialista clerical. Amparou-se num ato histriônico abastecido por um falso valor, um burguês que atuou sob a forma de um ascetismo cristão. Foi isso. Você o diz de um jeito contundente e num ponto, eu sei, sua análise é certeira; no entanto, discordo e ergo a voz incomodada: a corda improvisada que ele pôs em volta do pescoço, aquele trapo que ele pôde resgatar em meio a um ambiente incrível e adverso, não pode ser reduzido a um simples histrionismo ou a um fator odiosamente religioso. Foi um trabalho celular, um empreendimento materialista, extensamente exitoso, que

o conduziu ao sucesso final. Você está, eu digo, utilizando um pensamento simples demais, ignorando partes dos elementos, os mais contundentes, aqueles que jazem atrás das simples aparências, de qualquer fantasmagoria.
    Nos calamos, meditamos.
    Enquanto encosto minha mão na parede, dentro da minha cabeça ronda a sua menção irônica a um socialismo clerical agravada pela classificação insidiosa e igualmente irônica contida na sua menção a um ato revestido pelos ecos de um ascetismo cristão. Viramos nossos corpos na cama sopesando os argumentos. Entendo, com extrema clareza, que você não consegue dormir diante da minha observação ou ponderação sobre o trabalho materialista com a corda ou os trapos ou o retalho de calça que faziam parte do plano dele para alcançar um fim. Você não dorme porque eu construí um argumento que estremece a sua análise, a perfura, a atravessa. Nos custa dormir entre a dificuldade dos ossos também atravessados pelo incômodo das calcificações, calcificações que estão ali e que não precisamos que os exames certifiquem. Somos uma célula, estamos atentos a nós mesmos como a célula que somos. Podemos até diagnosticar a nós mesmos. Não precisamos de nenhuma tecnologia nem chegar até as câmaras médicas ultrassofisticadas, das quais você não, não quer saber e muito menos entender para garantir que temos calcificações nos ossos, que os ossos estão prejudicados e que doem as suas costas e os quadris estão quebrados pela artrose e, ainda que saibamos que poderíamos ter acesso a um quadril ou a um joelho de plástico de última geração, conectados microscopicamente por fios de metal quase ilegíveis, não o faremos, esperamos demais dos nossos ossos, apostamos neles, na história mais óssea que não deve ser interferida ou atravessada e cujo gasto é parte de um processo materialista que é necessário e, mais ainda,

imperativo cursar. Temos que falar de Lucho, como o chamávamos, temos que definir quem ele era exatamente e a que esfera correspondeu seu ato, o que ele fez na verdade e como, a partir de seu ato, podemos entender seu papel na célula que habitamos. Voltar a analisar Lucho, sério, baixo, mineiro extremamente formal. Não nos determos, cada um colocar seu argumento, decompor os argumentos, exacerbá-los, levá-los ao limite, até que possamos traçar um mapa da situação e eu consiga reverter seu rechaço pelo suicida, seu desprezo por ele. Seu ponto de vista inabalável diante da corda ou do trapo ou do retalho de calça.

Estamos de costas na cama, pensando.

Mas no reencontro, faz tantos anos, no século passado, aqui neste mesmo quarto, no quarto abstrato que ainda sobrevive neste século, naquele momento não falamos de Lucho. Sabíamos de seu ato, mas a situação nos voltou sobre nós mesmos ou, mais precisamente, sobre mim. Você me olhava primeiro estupefato e depois diria que francamente incomodado e depois deixou entrever uma profunda aversão. Os matizes do seu olhar eram sucessivos e velozes. Eu me sentei na cadeira, você fez o mesmo na que ficava na frente, segurou o rosto entre as mãos, e depois, lentamente, com um ar teatral, foi retirando os dedos. Você tentou, eu sei que tentou, procurar as palavras mais sensatas e, até certo ponto, afetuosas. No entanto, não conseguiu sustentá-las e veio a acusação, aquela que, claro, eu esperava, pressagiando-a ao longo de quatro meses em que você não estava nem vivo nem morto ou já estávamos mortos você e eu. Pensei, ao longo de quatro meses, que você ia me dizer o que disse porque sua razão não ia resistir e você se entregaria à força anárquica dos seus sentimentos.

Mas, ainda que estivesse certo quanto ao que você diria, não pensei na escolha e na direção da sua frase, brutal, mesquinha: "Por que você não tirou?" Uma frase imerecida e vil que eu só podia entender como um insulto. "As coisas são como são". Meu coração pulsava, minhas mãos tremiam de ira, se você dissesse uma palavra aniquiladora a mais, eu estava disposta a matar você. Como fosse. Me levantei da cadeira para abrir a porta e expulsá-lo sem violência do quarto. Quis fazer isso e você percebeu. Não tenho aonde ir, você me disse, não existe nenhum lugar seguro, não posso ir. Suas palavras eram simples e em seu tom rondava a humildade.

Pode ficar, eu disse, pode ficar.

E foi assim que você caminhou até a cama, se estendeu, se queixou, dormiu. Estava cansado. Eu subi no canto da cama, da minha cama, e me acomodei no espaço que sobrava. Percebi, enquanto você dormia, que se iniciava para mim um novo suplício, para os dois, um combate pelo espaço, um jeito inédito de conviver evitando a violência da noite. Por que você não tirou?, você disse no meio da sua raiva e do seu nojo, mas como, como eu faria isso, eu era uma célula capturada que não estava nem viva nem morta, um simples corpo que caiu submetido a ofensas demais, inomináveis, agredido em sua biologia, a minha. Uma biologia que funcionava e que respondia. Quando você acordou, a luz ainda iluminava o quarto. Você se virou e tentou pôr a mão na minha cabeça. Uma tentativa falsa, artificial demais, que eu não me atrevi a rejeitar talvez porque precisava da sua mão na minha cabeça, e precisava também que você estivesse ali, bem ali, apesar da miséria do espaço e dos choros do menino ou do riso do menino ou dos sons indeterminados do menino ou do silêncio do menino que mais adiante chegaria e que obrigou você a dormir no chão, em cima de um cobertor, ao nosso lado, porque não, não cabíamos os três na cama. Você acordou, pôs a mão na minha cabeça, a mão mentirosa. Tem pão?, você perguntou. Sim, respondi. Mas houve um instante decente e até poético, um instante, um, porque quando você se levantou e me estendeu o braço para me ajudar a sair da cama, você o fez de um jeito amável e verídico. Sim, você estava atravessado por uma amabilidade completamente real e verídica.

No dia do reencontro eu fui à cozinha preparar nossas xícaras de chá. Enquanto esperava que a chaleira fervesse me dediquei a espalhar a manteiga no pão. Já tinha previsto: o chá, a manteiga, o pão, a bandeja. Quando eu caminhava em direção à cozinha, você me disse: "Eu faço". Não, respondi, ainda consigo. Minhas palavras continham uma inflexão irônica. Parca, porém irônica e, apesar da tensão assombrosa, você conseguiu sorrir. Pôs as duas cadeiras, a minha e a sua, em volta da mesa. As sensações contrapostas estavam entre nós, pairando por cima do pão, fumegando sobre as xícaras de chá, rondando nossos rostos. Nos sentíamos, eu sei, num ponto, aliviados ou reconfortados porque depois de meses nos encontrávamos no quarto, vivos ou quase vivos seria possível dizer (mortos, já estávamos mortos). Protegidos por paredes que eu escolhera. Não, eu não escolhera, quem o fez foi Ximena, quando me disse: encontrei um lugar para você, mas você não pode sair, não, por nenhum motivo você vai sair, entendeu? Não ainda, não por ora, mais para frente pode ser, depois que nasça o menino. Eu lhe passo o açúcar, tome, tem uma colher aqui. Enquanto lhe falava sobre o açúcar, pensava que estávamos vivos, que apesar de tudo ainda contávamos com os nossos rostos familiares demais que se conheciam desde a incipiente adolescência. Permanecíamos, de certa maneira, vivos (não, não), tomando uma xícara de chá, imersos numa adversidade limite que nunca poderíamos ter imaginado. O que você vai fazer, você me perguntou. Não, o que você disse foi: o que vamos fazer? Ximena, eu respondi, ela vai se encarregar de tudo enquanto for necessário, já tem feito isso, vai e vem, se ocupa, ainda que, claro, esteja fazendo o que pode, você sabe. Ah, sim, Ximena. Silenciosos, atravessados cada um por imagens que, mesmo em suas diferenças, nos continham. Não sabíamos como falar entre nós ou o que dizer, mas entendíamos também que tínhamos que começar, que era imperioso iniciar uma organização. Tínhamos que nos organizar e apresentar o plano definitivo a Ximena, um traçado coerente e preciso. Eu, nestes meses, dependia de uma Ximena que ia e vinha, obcecada, coma, coma, enquanto eu tentava mastigar, consumir, obedecer.

 Coma, você tem que comer. Coma.

 Mas a fome tinha se retirado, ainda que eu tentasse, tentava porque ela estava tão obcecada com a comida, a minha, se importava com isso, era a única coisa que lhe importava. Coma. E eu tinha que fazer isso, comer, ainda que não tivesse ou não soubesse o que era a fome, mas ali estava Ximena entrando e saindo do quarto, em horas nunca idênticas, a qualquer hora, as mais surpreendentes, seguindo com rigor o esquema básico ou primário das medidas de segurança que tão bem conhecíamos e que, no entanto, falhavam, falhavam, e o único momento em que sua preocupação cessava era quando a colher entrava na minha boca e ela ia registrando como eu engolia, como ia esvaziando o prato e então, enquanto olhava o prato quase vazio, não consigo mais, não consigo, ela respirava ou suspirava, satisfeita porque eu tinha comido, eu tinha feito isso para zelar pelo objetivo de Ximena, não tenho fome, não tenho fome e sua cansativa ladainha, coma, coma, e quando ela saía do quarto, cumprida já a abnegação militante, começavam os vômitos ou o nojo ou a sensação extrema de uma saciedade repugnante, realmente suja, um atentado biológico imposto diante de uma falta radical de fome e, no entanto, sem fome, sem nenhuma necessidade, por um mero senso comum, compreensível, básico mas paradoxalmente desumano, eu tinha que comer, por obrigação, por uma obrigação que Ximena tinha se autoimposto, porque você vai morrer, vai morrer de verdade, como se a palavra morte tivesse para mim alguma relevância.

Coma.

Coma. Naqueles dias de fome, entregue à prolixidade de Ximena que tentava evitar a compaixão que a invadia de vez em quando, Ximena que lutava para se manter dentro do convencimento ou do labor de uma militante, despojada de emoções, entregue à sua tarefa política de sustentar os sobreviventes, se encarregar da segurança, se arriscar pelos sobreviventes, sair à rua, Ximena, assustada, com o coração acelerado diante de carros que paravam bruscamente ou rostos definidos demais que a olhavam ou podiam olhá-la. Ou corpos sólidos que a tomariam pelas costas até destruir sua coluna vertebral ou a enfiariam num carro ou a matariam com um tiro certeiro na cabeça. Ximena, caminhando ou descendo dos ônibus em pós dos sobreviventes para que voltassem a ser o que eram, renunciassem às suas caras turvas ou às suas desgraças ou aos seus recursos ou aos seus caprichos, coma, coma, recolhendo pedaços de células dizimadas, cumprindo assim sua tarefa, uma tarefa incerta administrada por quadros clandestinos que também caíam e caíam, coma, não saia, não acenda a luz, aguente, aguente

um ou dois meses, falta pouco, são cada vez menos
os meses que lhe restam.
    Tomamos chá, sentados à mesa.
    Ximena lhe parece confiável?, você perguntou. Eu
olhei para você assombrada, o que você está dizendo? Já
não se sabe, você disse, há reversões, traições, entregas
programadas. Mas não, eu disse, Ximena não, ela não. Tem
certeza? Sim, tenho certeza, estou convencida. Enquanto o
dizia, uma sombra de dúvida, inevitável ou impensável, me
assaltou. Depois de tudo, quem era Ximena, a que quadro
pertencera, em quantas células tinha militado, quais tinham
sido suas contribuições, de onde emanava sua função.
Ximena, alta. Sua estatura a complicava, avivava, detalhava,
mas ela estava ali, com sua altura e sua militância. Lutei
para visualizar Ximena, alta e precisa, uma Ximena que
tinha participado da segunda célula que formamos e que
nos parecia disposta, talvez excessivamente impregnada
de uma abnegação que algumas vezes nos confundia.
Mas Ximena, para além de seus gestos, respondia e atuava
seguindo cada um dos procedimentos. Não, o que você
insinua é impossível. Nada é impossível agora, você
sabe ou não sabe, mas acredite, as infiltrações, revistas,
perseguições, reversões, as sucessivas capturas, as quebras,
a incerteza. Olhei para você e vi como seu rosto acendia
até um ponto crítico que me era perturbador demais.
    Cale a boca, eu disse.
    Compreendi que minha ordem, talvez violenta
demais, era necessária para desalojar as suas obsessões e
nos centrarmos em nós mesmos. O que vamos fazer?, você
disse. Sim, eu respondi, o que vamos fazer? Entardecia. O
quarto não era capaz de conter e menos ainda configurar
aquela tarde que se vislumbrava luminosa e aprazível,
augurando uma natureza benigna capaz de produzir uma
beleza impossível de ignorar. Ainda que estivesse no quarto,

sentada em volta da mesa, mais além das xícaras de chá já vazias, eu sabia que do lado de fora, naquela precisa tarde, se desdobrava um espetáculo solar limpo e consistente. Pensei no mar, também pensei de maneira incontrolável na plenitude dos morros intensificados por uma luz que caía e pensei que você estava ali. E porque você estava ali, sentado junto à mesa, se organizariam as engrenagens e eu poderia começar a comer sem angústia porque a natureza era teimosamente cíclica e teríamos que compreendê-la e não, não, unicamente desprezá-la. Isso eu quis lhe dizer, falar do sol e até do mar, apesar de ter experimentado sua indiferença diante da natureza, seu franco desdém, como naquela tarde em que fomos juntos à praia pela primeira vez, aproveitando os dias festivos. Não que aqueles dias, os do feriado, estivessem especialmente bonitos, não era isso, o que me cativava era o espetáculo do espaço aberto, do franco dilema do horizonte, a percepção de um horizonte cortado pela água que se transformava apenas numa linha e resolvia geometricamente a figura sempre tensa do encontro. Vimos o mar, observamos o mar com a concentração ingênua que caracteriza o turista. Sentamos num dos bancos do calçadão e ficamos quietos, silenciosos. Pensei que estávamos partilhando um instante único e, de certa maneira, decisivo; no entanto, logo tive que desistir.

  Você não. Você não.

  Você estava pensando na próxima reunião, foi o que me disse sentado num dos bancos de metal, falando do seu plano para conseguir que fossem aprovados, com celeridade, os acordos. Você me disse isso em frente ao mar, olhando a geometria precisa da linha e a prolixidade impactante do horizonte. Compreendi que você ainda estava no centro da célula, que você permanecia ali e que não haveria nenhuma paisagem ou acontecimento da natureza que o pudesse separar. Você não tinha visto nada, nada do espaço exterior, só funcionavam as imagens que se desencadeavam no interior da sua cabeça.

Me comoveu sua indiferença ou sua impressionante insensibilidade. Mas, de maneira simultânea, senti que era meu aquele mar capaz de desenhar um horizonte. Me pertencia o mar e a magnitude de um espaço insuspeito. Éramos urbanos, éramos urbanos e ainda que eu entendesse que estava cativada pela natureza que eu não habitava ou que não me pertencia e que minha emoção era, de certo modo, previsível e com certeza fugaz ou mais ainda poderia ser considerada banal, fiquei possuída. Respondi de maneira automática, sim, sim, eu disse, mas continuava absorta diante das ondas, de costas para a célula e para os seus desejos de aprovar os acordos sem questionamentos. Mas, enquanto tomávamos chá, nas horas do reencontro, voltei a sentir um impacto semelhante. Eu augurava um sol que se evadia ocupando ao máximo sua potência, e aquela possibilidade me distraiu ou me separou da obrigação de enfrentar a realidade que as nossas vidas cursariam. O sol se pondo me obrigou a também me desentender de Ximena e sua proximidade perigosa. E me obrigou em especial a entender que eu estava atada à natureza, a minha, que já tinha terminado de unir seus signos.

Ximena vai realizar o apoio logístico, eu disse. Como é?, você perguntou com um tom assombrado ou assustado. Sim, ela já está se preparando, nós combinamos, a questão do parto já está ajeitada. Você percebeu que não tinha nenhuma alternativa. Não podíamos ir ao hospital, não o faríamos porque dentro, em seus quartos hostis, só encontraria ou encontraríamos a possibilidade mais concreta de uma morte segura. Não irei ao hospital, eu disse, você entende, não? Sim, você respondeu. E então me atrevi a lhe informar o plano completo, você que vai fazer, eu disse, você mesmo, mas Ximena vai lhe entregar o plano, os passos corretos, ela vai indicar cada uma das manobras necessárias. E além disso, eu disse, ela está confeccionando um manual para que você pratique, aprenda, memorize, entenda, se sinta seguro. Não, não consigo, você disse. Isso não. Você estava lívido, a ponto de colapsar. Sua negativa era enérgica e sincera, mas inútil. Pensei em quanto eu tinha me apressado, pensei que tinha sido tola ao lhe informar o plano, pensei também que minhas palavras continham uma forma de vingança. Afinal, você estava voltando depois de ter passado pelo tempo mais catastrófico que seu corpo podia experimentar, mas o extremo da minha situação o desalojava, você voltava para enfrentar o meu drama e, no quarto, justo no meio da tarde, exibia-se nossa decadência esmagadora. Bom, bom, esse é um dos resultados do tempo histórico, os sinais desse tempo, nós sabíamos, eu disse. É assim, sempre, insisti. Nós estudamos isso ou eu estudei, acrescentei. É parte de um programa que se repete e se repete. Assim tentei diluir o efeito do plano que tínhamos traçado. Fui eu que tracei. Fiz isso depois de meditar e sopesar as opções. Mas, para além das visões e dos devaneios que inevitavelmente me assaltavam, nunca, nunca fui capaz de pressagiar como se manifestaria o umbral da dor e do sangue. Suas mãos ensanguentadas de cirurgião ou de açougueiro, sua cara feroz, sua raiva, a decisão aberta de que morrêssemos, o menino e eu, nossas mortes selvagens, sua boca trêmula, o ódio daquelas horas, longas, extensas, esperando, esperando que o processo acabasse, inseguros diante de sua magnitude, você aterrorizado, me desprezando e se desprezando sem trégua, garantindo que era culpa minha, minha, e ali, precisamente, se ancorava o desprezo por você mesmo, sua incapacidade de ir embora, de renunciar à célula em que nos converteríamos, sair à rua, pactuar um novo lugar, renegar uma união sem aderência. Sair à rua para procurar um beiral que lhe permitisse sobreviver. Você podia fazer isso, podia sair à rua e procurar Gómez, que na época ainda estava ajudando e lutando para recuperar e ativar células. (Gómez está sentado na borda da nossa cama e mostra seu braço quebrado como se fosse um troféu, as células estão furiosas com seu personalismo).

    Você podia contatar Gómez.

    Explicar a Gómez os motivos da sua fuga, ele entenderia, o apoiaria, você era um quadro vivo e urgentemente necessário. Ir aonde Gómez lhe dissesse, não pude, não, não. Escapar e, no meio de dores horríveis e do efeito fugaz do éter, no meio da minha natureza mais implacável, diante do seu rancor impossível de escamotear, eu não podia deixar de repetir com raiva, com sanha, com ódio, vá procurar Gómez, ele vai ajudar você, certeza que vai, Gómez é confiável, confiável, pode acreditar nele, ele é completamente imune às infiltrações, à delação, às entregas programadas, e de murmurar com os dentes apertados e afiados, vá embora porque você quer me matar, sim, é isso o que você quer, você está me matando, eu estou morrendo, me ajude, quero mais éter, se apresse porque eu vou morrer. Mas quando você voltou, no dia do reencontro, neste quarto, o mesmo, estancávamos ainda nossas feridas recentes e por isso, quando eu lhe disse, você é quem vai fazer, você respondeu sem titubear, com a certeza, o arrojo e a valentia do melhor e mais disciplinado militante, sim, eu faço, vou fazer porque não podemos ir ao hospital. Eu me encarrego. E você acrescentou: me dê o manual de Ximena, me entregue de uma vez cada uma das minhas instruções.

Hoje ela não comeu, me diz, não quer comer.
Não come? E por que não come?, pergunto.
Porque não quer. Por isso ela não come.
Temos que comer. Temos que nos alimentar.
Digo isso enquanto me inclino na direção dela e tiro os lençóis que a cobrem. Começo a desabotoar sua camisa. Observo o que tanto conheço, sua ausência definitiva, a cor cinza que a define, as mãos contraídas e retorcidas em cima da colcha. As escaras terríveis que a destroem. Vejo também o olhar ansioso e desesperado da irmã, sua única irmã, sentada na cadeira do quarto, vigilante. A irmã que me espera e que me teme, que lamenta já não ser capaz de lavá-la ou sentá-la na cama. A irmã que projeta a si mesma no desastre do corpo que vela e que alimenta, entregue à compreensão da doença, cativa dos sintomas e dos sinais.
Quer ajuda?, ela pergunta.
Não, respondo, não precisa.

Ela está distante, indiferente, ela diz. Já não dá a menor bola.

Está muito doente, respondo.

Sim, ela diz, é verdade, mas ela sempre foi obstinada, teimosa.

Eu a deixo atravessada na cama, encontro a postura que me permita tirar sua calcinha, e a fralda molhada, e em seguida as deixo no cesto que fica do lado da cama. Pego a bacia com água morna que está preparada em cima do criado-mudo e, com uma esponja suave, limpo a parte interna de suas coxas.

Melhor cobri-la, me diz a irmã, ela vai ficar com frio.

Espere um pouquinho, respondo, já vou cobrir.

Não, não, não, cubra agora mesmo. Ela está azul, você não está vendo que ela está ficando azul.

Mas, se fizer isso, não consigo limpá-la.

Não, não limpe hoje, não faça isso, deixe que ela descanse. Vá embora, vá para casa. Mas eu vou lhe pagar, tome, tome. É claro que vou pagar. Volte na próxima semana. Por favor, nos deixe sozinhas.

Bom, respondo, está bem, como a senhora quiser.

E nada, nada, nada com os vizinhos, você meneia a cabeça e troca algumas palavras só se for necessário, neutras, cautelosas, cotidianas. Ximena não titubeava, falava do centro do manual. Assim fiz ou fizemos. Pudemos prescindir da curiosidade dos vizinhos, os evitamos. Não foi difícil, contávamos com uma ampla experiência, sabíamos como disfarçar. Nos transformamos em sombras ou reduzimos a sombras os vizinhos. Você lembra?, você lembra? Mas agora já é tarde. Tudo se precipitou. Já não estamos exatamente vivos (mortos, sim, mortos) depois dos cem, dos mil anos que tivemos que sobrelevar. Exaustos, com os ossos desencaixados, arruinados os rostos que tínhamos, você lembra? Ou talvez nunca tivemos, jamais houve rostos, não sei. Mas quando saí da reclusão, ali estava Ximena. Ao me ver, cuidou até da direção, do matiz, da ênfase do olhar. Nunca se permitiu manifestar nem a menor emoção diante do que eu friamente já tinha lhe comunicado. Em vez disso tendeu a expressar sua satisfação porque uma militante saía em parte viva, eu saía à rua e ela estava à minha espera para me transportar ao lugar que tinha conseguido, um espaço, um espaço. Um lugar seguro, ela disse.

    Sim, respondi. Obrigada, eu disse.

    Obrigada, murmurei do meio de uma ausência esmagadora. Disse isso porque, afinal, eu tinha sido formada na cortesia, disse só por dizer, por hábito. Obrigada e, enquanto pronunciava cada um dos sons, odiei a palavra, eu tinha me retirado daquela palavra, sabia que não havia nada, absolutamente nada que eu tivesse que agradecer, pelo contrário, o pesadelo era o signo, eu mesma era a prova viva de uma desordem absoluta, o desencadeamento do mal, o efeito de um resultado atroz ou de uma brincadeira ou de uma evidência espantosamente melodramática. Quando soube que vinha o menino, podia ter rido ou chorado ou podia ter me refugiado numa previsível autocompaixão. Não o fiz. Mas lembro que me pus no lugar de um desprezo agudo. Ainda que, por trás do desprezo, um retalho ou um pedaço de mim sabia que ia resistir porque o menino, o meu, era irreversível e inocente ou nada. Nada mais que um menino a quem não cabia culpar. Ou a quem podia culpar ainda que já fosse desnecessário.

    Eu era uma analista.

    Eu era uma analista. Estava preparada para sopesar todas e cada uma das condições e o menino em mim. O cativeiro, o menino e eu. Um menino lindo e glorioso, que já andava e começava a emitir suas primeiras palavras, palavras mínimas e estreitas, o meu, que depois de dois anos, entre estertores impressionantes, não, não sobreviveria. Não posso dizer nada, não devo dizer. Depois de um século eu observo você agora dormindo ou acordado, pensando sem nenhum horizonte, estendido na cama. A cama e você, esse é o pacto, os lençóis e meu travesseiro, o século inteiro, os mil anos desmoronados. Ali você fica, no quarto, recolhido,

com seu crânio (sua caveira) entre o travesseiro e o lençol,
deitado, enquanto eu saio à rua e caminho sem titubear
pela calçada reta, paro num ponto e, quando cabe, subo
peremptoriamente num ônibus, seriada, comum, oculta no
ônibus que deve cumprir seu longo trajeto ao qual eu tenho
que ceder para chegar sem demora em casa, no trabalho,
na mulher e cada um dos seus infinitos pormenores.
    Do lado da minha janela ressoa o ulular das sirenes.
Entendo que, mais além, no bairro adjacente, consumou-
se um tiroteio, um assalto a um banco. Uma das balas
acertou direto o guarda, um homem de uns trinta anos,
vestido de uniforme azul, moreno, ainda que não esbelto,
não. Um guarda que, antes do tiro, tinha uma presença.
Sim, tinha porque era um homem armado, silencioso e
diligente. Observador, silencioso e diligente. Armado. Mas
agora o guarda cai no chão, de lado, fetal, encolhido, ferido
de morte. A morte, a dele, alojada na miséria de um dos
seus pulmões, e pelo buraco, devido à exatidão do tiro, pela
gravidade irreversível da ferida, se precipita o sangue, um
sangue comum e corrente, ainda que entorpecido pelos
coágulos infatigáveis que estragam a presença mais aquosa
que sempre caracterizou o vermelho. No meio de uma agonia
leve ou quase irrisória ou anódina, o guarda está morrendo
e morre também a mulher, morta por seu afã estúpido de
protagonismo. Morre irreversível, lentamente jogada no chão,
está morrendo, dois, três tiros certeiros na cabeça. Morre e
morre como se fosse a única criatura de todo o universo.
    Morre interna, confusa.
    Agoniza atravessada por convulsões.
    Pula estendida no chão porque as balas na cabeça
lhe obrigam esses movimentos absurdos, descontrolados e,
ali, a massa encefálica, parte importante do cérebro, desliza
pelo chão do banco sujando seu piso prolixo. Suja e envilece
aquela matéria espessa e impura que escorre da cabeça

agonizante da mulher que morre, e morre num ato selvagem que não horroriza, e sim obriga à náusea. O espetáculo público daquela mulher de, quantos?, quarenta, quarenta e cinco anos, que importa, uma executiva uniformizada, nervosa diante de um assalto, que não soube ou não conseguiu se proteger ou não quis se entregar ao roubo e muito menos renunciou ao grito e não se privou, também, do insulto, e não ocultou, não o fez, seu desprezo altivo pelos assaltantes, até que as duas ou três balas a derrubaram, os olhos em branco, as convulsões, as pernas móveis e finais, o absurdo de um corpo regido por sua própria neurologia, o funcionamento surpreendente do corpo. A mulher morre mais rápido ou com mais estrépito que o guarda, os dois morrem atravessados por signos distintos. Mais pudico o guarda, mais convencido ou recatado ou ausente nos minutos de sua morte, tão diferente às balas da mulher convulsiva, com uns neurônios abstratos, dispersos por um chão que já não se pode considerar impecável.

Ai, como nos assustam as sirenes opressivas.

As ambulâncias parecem conectadas às viaturas velozes da polícia. Todos os corpos: os médicos e as silhuetas repressivas de uma polícia frígida, estatal, pisam as matérias orgânicas, estragam os estertores da mulher descerebrada e não param naquele solo abjeto e contaminado, não, não param, nem se compadecem com o guarda que ainda não terminou de morrer, apegado a si mesmo, ainda que já esteja morto, está, isso o médico certificará em toda sua vasta e minuciosa indiferença. Ambos lívidos, assombrosamente pálidos, apenas animados pelas notáveis marcas de sangue que os enfeitam. Ai, o banco invadido pelas forças policiais e as equipes médicas e a massa encefálica da mulher e a urgência ativa das equipes que se movem estimuladas ou enérgicas diante de um sangue que as emociona e as valida.

As sirenes, as sirenes atravessam e intervêm no percurso do trânsito, dão à cidade o lamento de que ela precisa, enquanto, mais adiante, dois quarteirões ou cinco, poderiam ser cinco, o jovem repetido e monótono irá direto, sem titubear, sem o menor princípio de fraqueza, com uma precisão assombrosa, estourar o para-brisa do automóvel. Fará isso com toda a potência de sua musculatura investida na pedra, uma pedra que ele segura com o vigor que lhe dá seu assentado ressentimento. A pedra com a qual ele vai ferir sem contemplações o homem. Derrubará de lado o motorista do carro, um sujeito com um sobrepeso ostensivo, cinquenta anos, engenheiro. Um engenheiro industrial que vai terminar com a cara impossível, a mandíbula quebrada, o olho machucado, machucado, um profissional (engenheiro) que não chega a entender a pedra por completo, a mão que atacou o vidro ou mesmo a investida do corpo do jovem. Não a entenderá devido à aguda precipitação em que se viu envolvido. O engenheiro industrial (um homem de cinquenta anos) jaz agora a meio caminho entre a lucidez e a inconsciência, submetido ao sangue, um sangue que o espanta, o desperta e, simultaneamente, o adormece, enquanto, com todo o ímpeto de seu braço, o jovem abre a porta do carro, rápido, rápido para revistar os bolsos do homem que sangra, tira sua carteira (o dinheiro, o talão de cheques, os cartões do engenheiro, suas fotos familiares estereotipadas, tão comuns as suas fotos), mas o assalto, apesar de sua fugacidade, já foi percebido. Os pedestres, os motoristas o veem, temem.

    Temem e não agem.

    Um silêncio dramático atravessa o quarteirão, ninguém ajuda nem intervém. Ficam. O homem ferido pela pedra cobre o rosto com as mãos. Vou morrer. Vou morrer e se entrega à dor. O jovem se perde numa corrida perfeita e eficaz. Aparece o primeiro motorista. Chega junto com um pedestre e ambos permanecem absortos, olhando o motorista caído na poltrona, inteiramente capturados pela imagem do homem com a mandíbula quebrada. Os ossos de seu rosto vão sofrer a intervenção de uma cirurgia urgente e precipitada, mas ele não vai recuperar nunca, jamais, o rosto que tinha, não vai ser possível. Igual a você, igual a você. Seu pômulo fraturado, bateram com um ferro na sua cara, e o metal deixou em você uma marca reconhecível. Eu não quis falar da sua cara, não o fiz no dia do reencontro. Assim que você chegou, soube que tinham quebrado seu pômulo esquerdo porque você tinha um afundamento não dramático, não, mais para digno, mas consistente. Por que penso no seu pômulo. Abro a bolsa e procuro o gorro que me protege da água, está avariado. Preciso comprar um novo, quanto mais resiste?, dois ou três meses no máximo. Um gorro a cada três meses, um avental plástico a cada mês. O ônibus, seu vai e vem ressalta novamente o seu pômulo, um afundamento que estava ali e que eu não quis comentar. Não o comentamos. Não dissemos nada do seu rosto, não entramos em detalhes. Era assim, devia ser assim porque qualquer pergunta, qualquer relato ia nos levar a um território que tínhamos que evitar. Decidi que você estava com a cara de sempre, que não existia a menor diferença, que seus traços eram constantes.

Apaguei seu rosto.

Mas notei de imediato que você tinha uma assimetria nova no rosto, mas você não foi capaz de fazer o mesmo, não conseguiu manter o rigor do olhar nem muito menos conter a frase insultante: "Por que você não tirou". Mais além, entre os movimentos do ônibus, olho as vitrines. Uma e outra, uma e outra, vagas, ligeiramente desmontadas, de certo modo descuidadas as vitrines e, atrás das vitrines, uma série de sons que só podem ser atribuídos às balas, secas, reconhecíveis, balas que passam à distância mas são tantas, tantas. Estão assaltando praticamente todos os bancos, os centros comerciais explodem sem trégua com suas mercadorias disseminadas nos corredores desenhados por um procedimento serial, estão esvaziando os cofres, morrem guardas, policiais, clientes, morre um dos assaltantes, morre um menino. Estão apedrejando centenas, milhares de carros, roubando as carteiras, um homem fica histérico, grita e grita enlouquecendo um dos quarteirões da cidade, grita, uiva, enquanto nas casas luxuosas se desencadeia um terror não isento de culpa.

Saqueiam, saqueiam, saqueiam.

Vão passando uma a uma as ruas, um a um os pontos, o sangue, as balas, os jovens e suas pedras, as sedes bancárias impassíveis e transparentes. Tudo se move num ritmo ensandecido. Mas assim é a cidade, não? Enlouquecida e febril. Animada e estrepitosa, um verdadeiro espetáculo.

Mas agora tudo se normalizou. Parece, por um instante, uma cidade de outro século ou de outro milênio; muda e opaca. Mas justo na rua oposta ao percurso do ônibus, numa casa distante que poderia ser considerada até periférica, a mulher grávida não consegue resistir à primeira paulada na cabeça e cai no chão da cozinha. A paulada na cabeça a entontece: sua força e seu ruído seco, ósseo. Entende que precisa se erguer, se levantar sobre os dois pés e tentar fugir, fazer isso já, ficar de pé, mas simultaneamente entende que o pau vai voltar a arremeter uma e outra vez, de maneira desordenada sobre seu corpo, a cabeça, as costelas, a perna, um pé e o braço.

Quebrou suas duas mãos.

Desta vez sim vai matá-la, um crime passional, mais um, o meu, exatamente neste dia e, quando passarem não mais de sete minutos, estará inanimada no chão da cozinha. Ela sabe. Sente que tem minutos de vida porque a paulada na cabeça ou, seria preciso dizer, as pauladas na cabeça foram realmente letais. Vai morrer de uma determinada maneira, os jornais noturnos vão dar conta de sua conexão com uma máquina que não vai reanimá-la, só estará ali para consolidar seu fim, seu cérebro morto. Com uma censura ou um pudor parcial, as notícias mostrarão só uma parte ínfima das feridas, proibirão sua cabeça, e o cabelo encharcado de sangue, cabelo pegajoso. A última coisa, verdadeiramente a última coisa que chegou a pensar a mulher (talvez fosse só uma palavra) era uma ordem, pare, pare. Depois nada. Tudo deixou de significar, não esteve. Seu rosto não desfigurado, não, mas sim muito alterado e tumefeito, histórico. Como sua bochecha, o pômulo fraturado. Como eu. Um osso que pôde ser reconstituído até deixar um afundamento que marcou para sempre a sua ausência. Você chegou com seu osso maltratado, entrou e se sentou na cadeira. Depois de meses. Eu também me sentei. A mesa, a mesma que temos agora, se estendia entre nós. Depois você deitou na minha cama e dormiu. Agora, enquanto na cidade ressoam os tiros, você estará afundado na cama, a de sempre, bem quando eu desço do ônibus, enquanto caminho o mais ereta possível, enquanto simulo que não, não doem as minhas costas nem o joelho direito, nem um dos meus ombros, enquanto tento aparentar em meio a uma caminhada vulgar que sou alguém que eu conheço e controlo. Mas duvido. Duvido e vacilo diante do assombro que me provoca a possibilidade de ser uma mulher que conheço e que controlo.

O ônibus avança lentamente. Eu me viro com uma resignação burocrática para a janela. Através do vidro só se ressalta uma paisagem cinza interferida por corpos frios que caminham numa velocidade previsível e humana. Tudo está em ordem ou sob a aparência de uma ordem meticulosa. Mas agora olho o motorista. Observo como ele cumpre sua função. Faz isso programado numa vasta paciência. Vejo suas costas ou vislumbro seu perfil. Noto suas mãos e a relação hábil com o metal. Sou mais uma passageira, uma vítima da demora, um mero componente urbano. Consegui um assento e isso me permite um pequeno controle sobre uma superfície restrita. Os outros passageiros se convertem, pela posição do meu olhar, em meros fragmentos, pedaços de costas, cabeças, um súbito perfil, a precipitação da mão no metal ante a visão do ponto. Somos poucos, muito parecidos uns com os outros. Cidadãos anônimos capturados numa locomoção interferida por um trânsito abarrotado que nos mantém tensos nos nossos assentos, à espera de que cesse o vermelho dos semáforos e avance o outro ônibus, o que nos antecede. Estamos quase parados ou circulando a uma velocidade francamente exasperante enquanto não decido se olho pela janela ou se me concentro no motorista e nos pedaços de passageiros. Olho para dentro e para fora. A rua me distrai, e me distrai o corredor. Na verdade, para além dos meus próprios desejos, não posso distanciar meu olhar da rua ou do interior do ônibus, numa sucessão simétrica: a rua, o interior, como se fosse uma vigia ou uma informante obrigada a avaliar.

    A rua, povoada demais (afinal viajamos por uma via importante na rota nevrálgica da cidade), me empurra a observar as fachadas ou os jardins ou as árvores ou a série de corpos que caminham a uma velocidade não muito diferente da velocidade do ônibus que não avança porque está obstruído por outro que, por sua vez, isso não podemos garantir, se encontra constrito por um semáforo quebrado ou por um acidente ou um atropelamento ou um assalto ou um transtorno viário impossível de definir.

    Eu poderia descer.

    No próximo ponto.

    Descer e caminhar os, quantos, talvez vinte quarteirões que me separam da casa. Não, quinze quarteirões. Talvez seis pontos, sim, seis, mais os dois quarteirões que devo percorrer obrigatoriamente nas quartas e, depois de reconhecer a casa, de parar diante da grade, traspassá-la, apertar a campainha, uma campainha que às vezes está quebrada, de experimentar a tensa espera antes que abram a porta, que abra a porta a mulher enxuta que trabalha, assim ela me disse, há dez anos na casa, esperar que ela abra a porta, já sabendo que demora, que ela odeia abrir a porta, que depois de escutar a campainha ela anda pelo corredor da casa, afasta a cortina e olha pela janela para ter certeza de quem vem, quem está ali fora, faz isso antes de assomar à porta e, quando me

reconhece, com uma atitude condescendente, me convida
a entrar na casa, a casa das quartas de manhã, como disse
o filho, com clareza e energia, não cedo demais, a uma hora
que não incomode, não na primeira hora e muito menos
de tarde, ela dorme até as dez e de tarde não tem força nem
ânimo, bem no meio da manhã, essa é a melhor hora para
ela, ou melhor, a única hora possível e nisso preciso ser
enfático, você tem que chegar aqui às onze ou no máximo ao
meio-dia, entendeu? Apertar a campainha que às vezes está
quebrada, não escutei, senão eu abria, entre, por favor, ela
me grita, por que ainda não consertaram, não encontramos
quem resolva o problema da campainha, e esperar a mulher
enxuta de uma idade imprecisa, quarenta anos, ainda que
se veja bem, não mais de trinta e cinco, abrindo a porta,
com uma desconfiança que a obriga a olhar para a esquerda
e a direita, assustada com a rua ou resfriada, tossindo, o
que posso tomar?, estou com dor de garganta, você não é
enfermeira?, ah, não, então não é enfermeira, e eu que tinha
certeza de que você era enfermeira, mas ainda assim, o que
me recomenda para esse resfriado?, enquanto controla sem
disfarçar o relógio, essa é sua tarefa, vigiar a minha hora,
meu possível atraso ou uma irrelevante precipitação. Você
sabe bem que o filho da senhora, o que manda na casa, o
que controla, o provedor, o que acompanha os gastos, o
que sempre se incomoda com os preços, o filho da senhora,
lhe disse que era às onze, entre onze e meio-dia, mas hoje a
senhora não está mal, não está mal, você vai ver, por sorte
você já chegou porque eu não consigo levantar o corpo dela,
ela pode cair, pode cair e o que eu faço nesse caso, não, não.
 Percorrer aqueles dois quarteirões que eu conheço tão bem.
 Descer no ponto que me cabe e, depois de percorrer
aqueles dois quarteirões, parar na porta e esperar que
desta vez sim funcione a campainha para entrar rápido na
casa e escapar das palavras da mulher enxuta de trinta e

cinco anos, um metro e sessenta de altura, uns cinquenta quilos, com uma pinta escura na bochecha. Lábios finos e testa estreita, coberta por um avental xadrez azul, sempre o mesmo, limpo. Cabelo preto, ligeiramente crespo, as mãos despojadas de anéis, olhos café escuro, unhas curtas, mãos magras, sapatos baixos, de cor cinza, meias transparentes que envolvem suas pernas magras, de pele morena, pálida. Escutar como seus passos se aproximam da porta, como ela abre a porta da casa, e ver então a mulher morena, assomando à porta, com seu avental xadrez azul, de quadrados brancos, um uniforme comum, tradicional. Comprovar seu medo da campainha, da rua, um medo inscrito em sua expressão nervosa ou desconfiada, entre, entre, uma mulher morena de trinta e cinco anos, entre, enquanto olha o relógio e comprova, como toda quarta, que eu cheguei na hora, ocupando acertadamente cada um dos minutos de que disponho.

 Sei que, quando o trânsito normalizar, vou me dedicar a contar os pontos. Farei isso porque é um método que eu uso para suportar os dias em que percorro a cidade por obrigação. Mas hoje é quarta e o ônibus anda numa velocidade miserável, entorpecido pelo lastro de uma batida que se produziu dois pontos à frente e que só agora estão começando a dispersar. Dois mortos e um ferido nesse acidente matutino. Mas logo os mortos serão retirados e o ferido será transportado, um homem jovem, no meio de um ruído infernal de sirenes, para interná-lo no espaço mais crítico do hospital. O lugar do acidente, atestado pela curiosidade cidadã, a presença de um juiz e seus assistentes, os bombeiros, a polícia, as ambulâncias que vão deixar um rastro de ruídos em todo o extenso perímetro de uma viagem histérica, teatral, o eco massivo das ambulâncias, as viaturas e os carros de bombeiros, alertando. E a polícia atuando com seu habitual distanciamento para demonstrar o profissionalismo que lhe é necessário.

Adestrados.
Caninos. Chegarei antes que acabe o tempo, chegarei quando faltarem minutos para o meio-dia e vai me abrir a porta a mulher enxuta que trabalha há dez anos fielmente na mesma casa e que renova, ao longo de dez anos, o avental xadrez, azul e branco, o azul é escuro, marinho. Vai abrir a porta com a expressão assustada de sempre, desconfiada, seus sapatos baixos e as meias incolores e o cabelo ondulado e penteado que enquadra os lábios finos e a pinta que ela tem na bochecha. Vai olhar as horas em seu relógio pequeno, de esfera redonda, com os números apagados e a pulseira já gasta de couro preto rodeando a munheca. Vai fazer isso de maneira automática; olhar o relógio, sem o menor gesto ofensivo, vai olhar a hora enquanto me informa que a senhora, como ela chama a anciã, está em bom estado, que, embora não durma bem, ela nunca dorme, continua viva e espera por mim, não, não espera por mim, precisa com urgência de um asseio profundo porque fede, cheira mal, e cada acumulação de cheiro contamina mais, mais a casa, o cheiro a perturba, porque é ela quem deve coexistir com esse cheiro e só eu sou capaz de eliminá-lo por algumas horas, só por algumas horas porque já amanhã, quinta, a casa será a mesma, atravessada por uma esteira de odor com a qual é cada vez mais difícil conviver.

    Se o ônibus retoma a velocidade que lhe cabe, eu chego de forma confortável numa hora amável e pertinente. Se tiram rápido os mortos de dentro dos carros realmente pulverizados, se fecham seus olhos desmedidos ou aterrorizados e, depois de acomodar com precipitação suas fraturas e mutilações, um morto, um deles, o contador de uma empresa, não só se mostra de cabeça arrebentada mas também tendo experimentado a mutilação de uma das suas pernas, sua perna cortada pelo impacto e o poder feroz dos metais estourados. Se os envolvem nos sacos pretos costumeiros, se os cobrem com o plástico preto para protegê-los dos olhares ávidos que os observam sem trégua nem pudor porque querem vê-los de perto, mais perto ainda, realmente em cima dos mortos, a milímetros de seus corpos inanimados, desejando tocar os mortos, parar em cima do sangue, arrastar um pouco desse sangue nos sapatos, e, mais ainda, alguns se inclinando para exercer a audácia ou o direito de pôr a mão no chão a ponto de se molharem com o sangue derramado na rua, enquanto os bombeiros se retiram e os maqueiros permanecem, assistidos pelos médicos e, sob o olhar rigoroso dos policiais e os gestos bruscos com que dispersam os curiosos, põem o ferido na maca, levam para dentro da ambulância, conectam num soro indispensável, medem, auscultam seu funcionamento biológico e, então, se se consolida o trabalho do juiz que faz a ata que registra os mortos, só nesse instante é possível que se disperse a avidez do grupo de curiosos que impedem que a velocidade correta do trânsito seja retomada.

 Eu poderia chegar à casa depois de percorrer os dois quarteirões, dois quarteirões não longos demais, num dia cinza, frio, caminhar com passos mais rápidos do que de costume para cumprir o contrato frágil que estabeleci com o fim de dissipar da casa um cheiro insuportável, assim diz a cada semana a mulher que abre a porta, depois de olhar pela janela para ter certeza de quem é que está tocando a campainha ou se está quebrada como já aconteceu mais de uma vez, depois de afastar a cortina, alertada pelas minhas batidas na madeira, dói a minha mão, vermelhos os nós de tanto bater com eles para que ela abra a porta e conseguir que por um dia desapareça o cheiro que se expande progressivamente em direção a cada um dos quartos, um cheiro que se infiltra por todos os resquícios e a impede de apreciar a comida porque a cozinha está irrespirável e ela não consegue, não consigo, não, não, limpar a senhora, isso é tarefa para uma enfermeira como você, mas você não é enfermeira, embora isso não importe, não é importante que não seja enfermeira, só vem aqui depois de percorrer dois quarteirões para desalojar o cheiro por um dia, um dia em que a casa se normaliza, afastar o cheiro, dar banho nela, dar banho na senhora, como ela a chama, esta senhora que não sei por que nem como continua viva só porque perdeu a visão e o olfato, mas eu não, eu não.

Os bombeiros ainda não conseguem resgatar os mortos presos entre os metais retorcidos dos carros. Os dois mortos. O ferido grave ou crítico respira levemente submerso em sua inconsciência. O juiz e seus assistentes já se apresentaram, também as ambulâncias com os médicos e paramédicos. Os bombeiros com seus caminhões impressionantes, os policiais que já saíram precipitadamente de seus carros e batalham junto com os bombeiros para tirar os dois mortos de dentro dos carros. Vão conseguir a qualquer momento e, quando os estenderem na calçada e o piso estiver coberto do sangue dos mortos e as mãos e os uniformes dos policiais ficarem vermelhos, manchados, saturados de sangue, depois que os médicos certificarem as mortes certeiras, quando restituírem a perna mutilada ao corpo do morto incompleto, certificarem seus corações paralisados, desprovidos de qualquer sinal de respiração, depois que conseguirem que a ambulância se afaste berrando com o ferido dentro, então, enfim, este ônibus vai retomar sua velocidade, não mais que quarenta quilômetros por hora, mais para trinta quilômetros por hora, porque essa é a velocidade exata que convém para a cidade, para conseguir uma cidade verdadeiramente moderna e colapsada, não mais de trinta na verdade, para mostrar assim o sucesso de uma cidade que pretende fazer parte de uma história consistente. Se pegarmos uma velocidade de trinta quilômetros por hora, eu vou conseguir descer no ponto que fica a dois quarteirões da casa e andar rápido mas com segurança os cinco ou quatro minutos que vou demorar, quatro, quatro minutos, nem um a mais, para chegar com uma pontualidade que inspira toda a confiança do mundo, uma pontualidade que permite que a mulher enxuta abra a porta com um sorriso nos lábios porque não a estou decepcionando e crio em seu horizonte, abertamente desesperado, um tempo, algumas horas, vinte e quatro com sorte, para descarregar da casa o cheiro que a enlouquece e a mantém numa náusea contínua.

    Entrar na casa descuidada ou desconfortável, ir até o quarto da senhora, como a mulher enxuta a chama, e entrar no centro de um verdadeiro cheiro catastrófico. Estou dentro. Tiro os lençóis, acomodo a senhora, como ela chama, em cima do colchão, cubro com uma manta, enquanto enxáguo na tina de banho os lençóis, uns lençóis indescritíveis, e com a mão descolo o cocô de uma semana, uma semana de cocô que vai endurecendo até formar uma crosta, de certo modo inocente, misturada com a urina, não sei como não fica resfriada ou não morre essa senhora, molhada a semana inteira, e o que posso fazer eu, não estou preparada, não fui contratada para isto, não tenho força porque ela é pesada, é pesada, você entende?, eu não, não consigo enquanto descolo com a mão as crostas de cocô, descolo com os dedos porque já não dá para tirar de outro jeito, e depois, com dificuldade pelo peso dos lençóis que destilam água profusamente, lanço-os no interior da máquina com todas as forças que tenho e então tiro as luvas de plástico, as mais grossas que consegui, as luvas que eu uso toda quarta e ponho assim que entro na casa, a partir das onze ou do meio-dia, as luvas que eu tive que comprar especialmente para os lençóis, para conseguir tirar as crostas de cocô e depois lançar na máquina de lavar. E ligo a máquina, escuto seu barulho, deixo que o barulho siga seu curso enquanto volto ao quarto e descubro a senhora,

como ela chama, e que não sei, não consigo distinguir se
está dormindo ou acordada, ninguém poderia ter certeza, e
mesmo que ela estivesse de olhos abertos poderia não ver
nada, não reconhecer ninguém nem distinguir os volumes,
não vê, nem reconhece, nem chega a dormir inteiramente,
nem está acordada, nem sabe quando sai o cocô de seu
esfíncter, e menos ainda nos momentos em que se molha
inteira pela força incontrolável do caudal de urina que ela
obrigatoriamente tem que expulsar.

Me aproximo da senhora e, munida de cada um
dos materiais que comprei, os mais eficazes para realizar
sua limpeza em cima da cama, em cima daquele colchão
manchado por anos de sujeira, por sobreposições de
matérias e líquidos, um colchão que poderia parecer incrível
ou indestrutível, um bom colchão que resiste e resiste aos
embates do corpo da senhora e que suporta o sabonete seco
com que vou aliviando sua pele, a pele de um corpo que não
se expressa quando eu a viro, nem quando mexo sua cabeça
para descolar os cabelos úmidos de urina e ponho o xampu
que não requer água e ela não acusa nenhum incômodo
quando coloco em suas coxas a fralda inútil e, numa ausência
surpreendente, sua cara com os olhos abertos e vazios,
não realiza um gesto quando passo o creme por seu rosto,
primeiro o de limpeza porque o rosto está maltratado, suja a
cara, e assim preparo o rosto para o outro creme, o seguinte,
o que vai lhe permitir uma umidade transitória, fugaz, num
rosto que já carece de princípio e de fim. E procuro a camisola
na gaveta, remexo ou cavo entre as peças de roupa da senhora
até que encontro a camisola e visto nela e fecho os botões um
a um e me preparo para a parte mais difícil, ajeitar os lençóis
limpos com a senhora em cima do colchão, realizar um
verdadeiro milagre sozinha, porque já não consigo fazer força,
unicamente me comprometi com o filho que mantém esta
casa, que me paga o salário religiosamente, que reclama de

tudo, que diz que os gastos têm que diminuir, a esse filho eu jurei que ia dar comida a ela duas vezes por dia, uma papinha que eu moo na máquina, uma especial, muito rápida, porque a senhora não tem forças na mandíbula e quase não abre a boca e eu, no meio do cheiro que você já conhece, tenho que dar a papinha duas vezes por dia, à uma e às seis, tenho que fazer isso apesar das ânsias e do vômito franco porque, se eu não faço, essa senhora acaba morrendo de fome.

    Consigo pôr os lençóis limpos na cama de um jeito consistente. Fica bem, muito bem feita a cama. E, ainda que sinta dor nos braços, no cotovelo, num dos ombros, me compraz o meu trabalho impecável e agradeço, em parte, a ausência abismal da senhora que não opõe a menor resistência e, para selar essa quarta-feira, verto algumas gotas de colônia barata em cima da cama, uma colônia comprada na farmácia próxima, a mais econômica que a mulher enxuta encontrou, uma colônia que dá para dois ou três dias, porque ela, a mulher enxuta, nas quintas, sextas e talvez nos sábados, a verte em excesso na cama ou no piso do quarto, sem cuidar dos gastos, em cima da cama, desesperada para esconder o cheiro que habita ali como um agregado crônico. Enxáguo as luvas, encharco de detergente, esfrego e seco com a toalha. Apesar da proteção que as luvas me dão, lavo as mãos com o pedaço de sabão que encontro, me lavo e lavo as mãos com uma atitude maníaca e, depois de secá-las, ponho o relógio, o que tem uma pulseira metálica, e vejo com satisfação que não demorei mais de uma hora, sessenta minutos completos para resolver o que poderia ser considerado um empreendimento difícil e, quando desponto no corredor, a mulher enxuta, coberta com o avental xadrez e as meias incolores, me passa o envelope enquanto murmura uma sequência de frases que eu me recuso a escutar e, antes de sair à rua, dobro o envelope e guardo com cuidado no fundo da minha bolsa. Sempre sentada dentro de um ônibus lento, que não avança, não avança, esperando chegar a hora. Uma hora urgente que não deve ser senão desesperadamente exata. Sempre.

Nesta cama, neste mesmo colchão, claro, se é que ainda se pode dar esse nome, o colchão: você, eu e o éter. O éter estava ali para resistir aos momentos desumanos. Ximena, foi Ximena quem conseguiu, uma garrafa, digo, uma pequena garrafa de éter, ela disse, e disse: sim, eu sei, o éter não é mais o que era, acaba sendo irrisório ou até perigoso, embora não, não perigoso, não acho, mas o que vamos fazer, o que vamos fazer, o administramos, assim ela escreveu, em doses exatas e pausadas. Você aproxima a esponja com éter do nariz, aspira como uma viciada e vai embora, ou vai dormir ou desvanecer por alguns instantes, um pouco, não? Vai ser insuficiente, mas ajuda, vai ajudar. Depois olhou para você e disse: você abre a garrafa, molha a esponja com algumas gotas de éter e passa para ela. Ela mesma tem que pôr a esponja no nariz porque você está embaixo, não é?, trabalhando, tirando o menino, puxando a cabeça dele, com suavidade, entende? Afinal é um processo primitivo, comum, é um fato quase intranscendente, as mãos movendo a cabeça em círculos, o pescoço, os ombros do menino e temos o éter. Você apela para o éter só quando ela estiver morrendo de dor. Só algumas gotas no momento em que sair a cabeça, bem no instante em que se precipitarem os ombros, quando você pensar que ela pode gritar, estou me referindo a um verdadeiro alarido, entende? Só nesse momento, quando ela estiver desmaiando ou afundando, atravessada por uma dor que lhe pareça real e concreta, algumas gotas de éter. Tudo perfeitamente escrito à máquina, nunca à mão, nunca. Você lia a minuta concentrado. Aquilo se transformou na sua minuta. Em que você pensava? Já é inútil tentar adivinhar ou não é inútil porque eu sei, eu sei, e Ximena sabe que vocês tinham um plano adicional, uma não-minuta, uma palavra secreta associada a um telefone de emergência. Vocês tinham previsto. Era necessário e era justo. Sim, um plano de emergência para se desfazer dos mortos, do menino e de mim, se morrêssemos.

Vocês tinham, sim, esse plano.

Quero que agora mesmo você se levante, saia da cama e nós nos sentemos em volta da mesa, preciso que você olhe nos meus olhos e me informe como iam funcionar as nossas mortes, que destino teriam os nossos corpos, quem trabalharia para ajudar, onde nos perderíamos. Poderíamos ter morrido, eu digo, o menino e eu. Mas não digo, só penso dizer. Percorro cuidadosamente as cenas, tento colocá-las em ordem para examiná-las, mas elas se precipitam, se confundem. Dois séculos ou mais. Anos e anos ou anos sobre anos que se aglutinam para modelar os contornos mais comuns da caveira. Como se poderia evocar a dor, o assombro confuso da dor, com que imagens eu poderia refazer a ascensão de uma violência que era concreta, mas, ao mesmo tempo, se desdesenhava numa abstração impressionante. Estivemos ali, os dois, absortos num parto que não, não nos surpreendia.

Foi assim:

Teve início um processo frio, o mesmo processo que tinha sido pressagiado por Ximena. Um processo coberto por uma distância em que se alojava uma cota de simulação. Teve início sem arroubos um mal-estar indeterminado.

Eu disse a você:

Algo está acontecendo, ou algo está acontecendo comigo. Algo orgânico, automático, assim me pareceu, alheio. Eu ia recebendo os efeitos programados de um ataque que eu não conseguia repelir. Tudo o que sentia ou pude sentir estava relacionado com um corpo que parecia estranho e desapegado. Íamos morrer, o menino e eu. Não estávamos preparados, não estávamos, a célula falhou. Não foi capaz de prever.

Não é verdade, Ximena?

Sim, é verdade, ela responde, é verdade, mas não se engane porque nós previmos. Previmos as mortes, sim. Mas que importa, não existe mais nada, nem uma só célula, elas morreram.

(As células, disciplinadas, assentem enquanto desfilam sem glória pelo quarto, desfilam para consumar um hábito: suas voltas completamente circulares).

Morreram todas as células, Ximena?

Sim, ela responde, todas.

Com quem você está falando? Com quem você está falando?, você pergunta com voz insólita. Uma voz estranha, alucinante, porque você está com a cabeça enterrada no travesseiro, no nosso, o único que temos.

Me deixe dormir, você diz.

Mas você não dorme, é só uma tentativa falha de silenciar Ximena e me silenciar. Você quer paz, silêncio. Diria que merece ambos, a paz e o silêncio, pensa que lhe cabem depois que você entregou seus ossos e seu sangue a um século que depredou você, um século em que ingenuamente acreditamos e que nos lançou numa queda a pique em direção a uma esperança absurda. O século pena. Ainda fala ou murmura a torto e a direito. Arrasta suas correntes tétricas e infantis, ri de si mesmo com gargalhadas destemperadas e patéticas. Eu escuto e me dá pena.

Morremos no meio de um parto atroz.

Não cheguei a dar à luz o século que vinha. O menino, o meu, nasceu morto depois da minha morte. Um parto estéril.

Foi completamente inútil, Ximena.

Digo isso com toda a certeza.

Sim, estou de acordo. Tudo foi inútil demais, ela responde.

Com quem você está falando?, com quem você está falando? Estou falando com Ximena, com ela. Estamos falando das mortes, a do menino e a minha. Você me deu, eu sei, uma quantidade incrível de éter, assim você nos matou, com o éter. Essa foi a sua tarefa, sua missão, esse o encargo da última partícula de célula que restava. Tínhamos que morrer. Sim, exatamente. Ia ou íamos morrer porque assim decidiram você e Ximena, não é verdade? Chegaram a esse acordo depois de analisar um número considerável de fatores, quiseram proteger a si mesmos e proteger os átomos de células que ainda eram capazes de se sustentar. Sei que não houve nada de pessoal nessa decisão, que se tratava de uma simples medida de segurança, embora urgente.

Não, não, você diz, não foi assim.

Então o que aconteceu?

Quando?, você pergunta. E eu penso que você está cansado, cansado da noite, dos pequenos barulhos que se infiltram pelas paredes, sons incompreensíveis que vêm de fora, de uma cidade que para você já é completamente desconhecida. Você está cansado.

Estou, você diz, cansado.

Você está morto, eu respondo.

A cama e o éter, o sangue e o éter, minhas pernas e o éter. Não sei. Não posso garantir nada. O menino nasceu morto ou morreu aos dois anos.

Ou não nasceu. Ou não nasceu.

O tempo se desdobra em seu próprio tempo. Quem ia dizer: agora temos todo o tempo do mundo. Isso é literal, tivemos tempo justo depois que o tempo acabou para nós. É confuso e é atroz. É inexplicável. Não é material e muito menos dialético: é um maldito hieróglifo. Ximena, você me diz, foi a primeira, engolida pelo tempo que lhe restava.

 Você quer mentir. Ximena caiu numa manhã, foi surpreendida, ameaçada e levada. Não, Ximena me diz, não, não foi assim, nem sequer chegou a ser uma surpresa, estavam me seguindo, só que eu não consegui ou não encontrei onde me refugiar e praticamente me entreguei, num estado de êxtase ou de gozo pois terminavam ali aqueles dias, acabavam-se o menino e você, o ir e vir, a palpitação irregular das células. Eu morri, é verdade, diz Ximena, com a certeza de que ele mataria você. Mataria você de todas as maneiras, não, não me diga que você o ignorava. Um militante assassino, um assassinato que não foi combinado em nenhum julgamento, um crime em que ninguém reparou, uma morte impune, matou você e se aproveitou da clandestinidade, de sua militância agônica. Mas eu soube antes da minha morte, li isso em sua cabeça, porque nunca, nem uma única célula conseguiu minha total adesão. Eu tinha que desconfiar. Ele ia cobrar você pelo menino. Melhor permanecer calada, em silêncio, porque você se mexe na cama manifestando assim um franco sinal de reprovação.

 Ximena se encolhe. Às vezes custamos a entender esta cama, sua dificuldade exasperante.

 Descansamos de lado na cama, os três. Só suporto que Ximena se deite conosco ou entre nós, enquanto você é indiferente e permissivo, deixaria que todas as células se apropriassem da nossa cama. Ximena pensa que precisa se levantar e sair, ainda luta para encontrar um milímetro de célula ativa. Você, em compensação, não tem nada, nenhuma causa, só um corpo que o obriga, o seu, seu corpo e sua artrite e o vai e vem do fígado ou o roçar ácido dos seus brônquios enervados pela tosse, e pensa neles, nos seus brônquios, pensa neles enquanto eu durmo. Mas eu não durmo plenamente, só finjo. Já não dormimos nem estamos acordados, não é verdade, Ximena? Sim, ela responde. Mais além, nos interstícios da porta, bem na borda microscópica se escora uma das células, está dormindo ou está morta, são sete manchas, sete perfurações que formam ou formaram uma célula. Sete. Ximena ri, me conta uma piada obscena, uma piada macabra e obscena que compromete a integridade moral de todas as células. Não sei como rir do seu engenho. Com frequência Ximena se lembra de piadas e histórias nunca simples que acabam por delatar acontecimentos que você acha reprováveis. Mas Ximena é assim, é assim, expressiva demais, alta e expressiva. Eu dormi, me diz Ximena, com aquela célula inteira, a do maneta, lembra?, em todas as posições, a qualquer hora. Também dormi com um dirigente, com um membro do comitê central, não, não, eu a corrijo, com o comitê inteiro. E você?, ela pergunta, e você? Você está furioso, treme, querendo nos matar, Ximena e a mim. Agora permanecemos sozinhos os três por algumas horas, depois irão emergindo os trapos celulares tagarelando seus lemas e suas queixas costumeiras. Por enquanto essas células ficaram adormecidas, paradas, à maneira de certos animais. Estamos os três na cama, a cama que compartilhei com o menino, cuidando para não o esmagar, não o esmagar, para que não me fosse morrer.

 De quem é?

 Você me perguntou na noite, fez isso para que eu não visse a intenção na sua cara, falou na escuridão e eu entendi que você não precisava de uma resposta porque o que lhe era imperativo era me fazer a pergunta, e que minha resposta acabasse por lhe permitir abandonar o quarto e sair à rua. De quem é? Que pergunta mais estúpida eu quero responder, de qualquer um, de todos, que importa. Mas não respondo nada, nem uma palavra, é uma pergunta recorrente, sempre. Você estava ali observando meu comportamento celular, o movimento das minhas mãos. Ximena finge que se escandaliza. Como se ela não, como se ela não.

E aqui vêm todas as células, em grupos que parecem excessivos ou intermináveis, chegam solícitos justo quando eu estou cansada demais, vêm se apoderar dos nossos corpos e auscultar as dores que temos. Dói tudo em nós. Tudo. Doem os ossos e a infecção purulenta que emana de alguns dos órgãos. As células nos mexem e nos viram, dizem que estamos sujos, doentes, paralisados, que elas têm que nos dar banho, que, relegados aos fundos de cada uma das casas que ainda existem na cidade (se referem, claro, às velhas construções), nós as contaminamos com os nossos cheiros impossíveis. As células nos sacodem de um jeito agressivo e alarmante, querem tirar o menino de mim e buscam minha confissão derradeira. O menino e eu já fazemos parte de um tecido celular, somos idênticos, um perfeito genoma humano. Não humano, não, nunca.

Agora você sabe, Ximena me diz: o que matou você foi uma baita paulada na cabeça que destruiu seu crânio, e depois quebrou as suas mãos. Você não conseguiu se levantar porque já não obedecia nem às suas próprias ordens. Ele mentiu a Gómez, disse que você tinha exigido éter demais, um éter que ele não pôde ou não soube controlar. Gómez quis acreditar nele porque não sabia o que fazer, mas na verdade não acreditou numa só palavra. Sabia que ele tinha matado você a pauladas. Mas não ia delatar um militante clandestino, isso nunca. Gómez não. Ximena me diz isso e repete sempre para semear uma terrível discórdia entre nós. Chegam as velhas células, enregeladas ou despavoridas ou severamente avariadas. Chegam todos e já quase não os reconheço, mas não tenho por que me lembrar de cada um, não? A cama, a nossa, a de sempre, parece uma hospedaria subproletária de outro século, de outro, uma cama repleta de células. Saiam da minha cama, todos, agora mesmo, saiam, ordeno. Acorde, você diz, fique quieta. Você quer me convencer que eu estou tendo um pesadelo, é melhor, é melhor. Ximena está ao pé da cama e não o deixa esticar as pernas. Você nunca mais pôde esticar as pernas, suas pernas quebradas e que agora doem tanto, muito, porque você nem tem condição de pôr as pernas onde bem entender, um século ou dois com as pernas quebradas, quem iria prever.

    Tenho que levantar da cama, ir à cozinha, preparar o arroz, pôr no prato dois pães, só dois. Tenho que voltar ao quarto e passar o pente pela minha cabeça quebrada, golpeada, tenho que inventar mãos para mim porque não posso sair assim à rua, não quero delatar você, não é oportuno nem necessário. Visto o agasalho. Olho o monte de células que já estão em deterioração avançada, paro nas suas células tacanhas e me dá uma vontade infinita de lhe dizer: levante daí, ou dizer: ressuscite de uma vez por todas e vamos sair para a rua com o menino, o meu, o de dois anos, meu menino amado, vamos levá-lo ao hospital. Precisamos levá-lo porque, depois de tudo, já não temos nada a perder.

## SOBRE A AUTORA

**Diamela Eltit** nasceu em Santiago (Chile) em 1949 e, desde os anos de 1980, tem ocupado um lugar central na narrativa chilena e hispano-americana contemporâneas. A força e a complexidade de sua proposta literária, a solidez e a coerência de sua construção narrativa e a perfeição de sua prosa converteram seu livros em paradigmas que forneceram à crítica muito material para discussão. *Jamais o fogo nunca*, em especial, foi considerado pelo jornal *El País,* em 2016, um dos 25 melhores romances em espanhol dos últimos 25 anos.

Dentre outros romances, Diamela Eltit é autora de *Lumpérica*, *Por la Patria*, *El cuarto mundo*, *Vaca Sagrada*, *Los vigilantes*, *Los trabajadores de la muerte*, *Mano de obra* e *Puño y letra*. Alguns deles foram traduzidos ao francês, inglês e finlandês.

Formada em Letras, foi professora visitante nas universidades de Columbia, Berkeley, Stanford, Washington, John's Hopkins e New York.

© Relicário Edições, 2017
© Diamela Eltit, 2007

CIP –Brasil Catalogação-na-Fonte | Sindicato Nacional dos Editores de Livro, RJ

E513j Eltit, Diamela, 1949-

Jamais o fogo nunca / Diamela Eltit; tradução e prólogo Julián Fuks. Belo Horizonte : Relicário Edições, 2017.

172 p. ; 14 x 21 cm.

ISBN: 978-85-66786-59-0

Título original: "Jamás el fuego nunca"

1. Romance chileno. I. Fuks, Julián. II. Título.

CDD Ch863

**COORDENAÇÃO EDITORIAL** Maíra Nassif Passos
**PROJETO GRÁFICO & DIAGRAMAÇÃO** Ana C. Bahia
**TRADUÇÃO** Julián Fuks
**REVISÃO** Mariana Di Salvio

**RELICÁRIO EDIÇÕES**
www.relicarioedicoes.com
contato@relicarioedicoes.com

1ª edição [2017]

Esta obra foi composta em Utopia e Din sobre papel
Pólen Bold 70 g/m² para a Relicário Edições.